道填空题书系

月亮

我们把月亮忘记了

王跃文 ◎ 著

重庆出版集团
重庆出版社

月亮

目录

　　康熙曾对大学士们说过一番话，治国宜宽，宽则得众。若吹毛求疵，天下岂有完人？康熙还举例说，赵申乔任湖南巡抚的时候，大小官员都被他参劾过，难道全省没有一个好官？官之清廉只可论其大方面者。张伯行居官也清廉，但他刻了那么多书，而刻一部书非花千金不可。这些钱哪里来的？只是朕不追究而已。

　　某人为人做作，不管场合是否适宜，自我介绍的头一句总是说：我是农民的儿子。有人听得多了，就紧接着那人自我介绍说：我是农民！

　　从停车场出来，工作人员接过钱，手就假装在头上挠挠，想蒙混着不给票。我问：票呢？他才很不情愿地给了票。我对妹妹说：见不得这种贪人！妹妹却说：我从来不问他们要票，宁愿让他们这些下层百姓贪了，也不把钱交给上面当官的去贪。我听了一笑，觉得妹妹说的又是一理。

04 历史：很多大事，都是偶然的 / 145

明万历年间，努尔哈赤攻打河北抚宁，战败被俘。其部族贿通明朝内监，向万历之母李太后说情而使之得释。清人感激李太后，奉以为神，日日祭祀。倘若万历之母李太后不因徇私而动妇人之仁，就没有清人后来的两百六十多年的江山。所谓历史之必然，大可怀疑。很多历史大事，都是偶然的。

05 日常：我会把世间的真相告诉孩子 / 169

我从不拿庸俗的处世信条教育孩子，必让他正道直行；我会把世间的真相告诉孩子，同时告诉他自己必须有力量；我会教他善良地对待众生，同时告诉他邪恶有时会让你失去信心；我不会让孩子定下高不可攀的大志，但必须教他学会吃苦；我不怎么同孩子讲大道理，多会同他一起判断是非。

06 写作：随便做点事，挣点小钱花 / 183

去广州的飞机上，邻座问：先生干哪一行的？我不想说自己是作家，只道：说不清自己干什么的。邻座说：那就是退休了，随便做点事，挣点小钱花？我一笑，说：是的是的！——幸亏飞机窗户打不开，不然我就跳下去了！

一日在朋友家喝茶，有位女士动辄"我老公"云云，举座皆不应和。三番五次，友人终于直言："请你不要开口闭口老公！"女士问为什么呀？友人说："我们都不认识你老公，话题也同你老公无关，干吗老提你老公呢？你是想表白你特别幸福，还是在提醒我们男人别对你有非分之想？"彼此都是好朋友，说话就不顾及轻重。友人又道，这是起码的公共礼仪！

有人来电直呼我的名字，我问他是哪位，他说：你看你看，老朋友了，换个手机打电话你就听不出来了。我信口说：李明吗？好久不见了。他忙说：是的是的的，老朋友你还真听出来了。我说：李明，我正要找你。我最近手头有些紧，想问你借十万块钱。那人无语，掐了电话。未几，此人发来短信：没想到你是师傅！

序　月亮从哪边升起

从珠海回长沙的飞机上，没来由地跟同行的女孩说到月亮。

女孩说：月亮是从西边升起来的。

我惊愕：你是幽默吧？

她很认真，说：我印象中，月亮是西升东落。

我笑了。

女孩赶忙说：我回去百度一下。

次日晚餐时女孩亦在场。我说：我听人说，月亮是西升东落的！女孩抿嘴而笑。席间十六人面面相觑。他们都不能确认，月亮到底是从哪方升起的。

邻座朋友的小女孩轻声问她爸爸：老爸，月亮是从哪边升起的？

她爸爸在默想，一时竟未回答。我轻轻告诉她：从南边。

我的悄悄话大家都听见了，哄堂大笑。仍没有人敢确切地说，月亮是从哪方升起的。

晚餐的所在很优雅，房间拐角两面大窗，窗外树木森森。黄昏过后，屋里的灯亮了，看不到月亮。

我们真的把月亮忘记了。

我们忘记了的，又岂止是月亮！

我最刻骨的童年记忆是饥饿，便有许多吃的故事留在脑海里。记得小时候，偶尔进城吃一碗面，不小心酱油弄在手指上，绝舍不得洗掉。回家路上，十几里地，不停地闻着手指头。那时候的酱油，怎么就那么香呢？我现在不喜欢吃酱油了，因为不管什么品牌的酱油，都没有了过去的味道。说不定某一天，突然会见到报道：酱油里含有某种毒素！

前几年在湘西，一个农家小菜馆，吃过一回猪肉，简直太鲜美了。那顿饭，唤回我几十年前关于猪肉的全部记忆。真正的农家土猪肉，就应该是那么鲜美的，用不着大厨掌勺，和着辣椒炒，放少许葱段，临起锅时泼半瓢清水。但是，自那以后，再也没有碰上那么好的猪肉。有时候，我真怜悯八零后出生的孩子，他们根本没吃过真正的猪肉！我们这代人曾经有过吃本味猪肉的记忆，现在没有吃的了，猪肉的本味就被忘记了，孩子们却是没什么可供记忆，也就无所谓忘记。

我住宅楼下有家超市，偶尔会听见那里放碟片：爸爸的爸爸叫爷爷，妈妈的妈妈叫外婆。我有天听着，突然有些难过：这些东西，难道还需这样教吗？城里很多的孩子，早已不生活在自然群落里。他们身边也许没有爷爷，也许没有外婆。而嫡亲的伯伯、叔叔、姑姑、姨妈、兄弟、姐妹，则越来越稀了。孩子们都在慢慢失去这些称呼和亲人。或许多年之后，字典里会有这样的词条：叔叔，古时候人对爸爸的弟弟的称呼。而弟弟一词则见多少页：古时候，同母所生比自己小的男性。

我们已经忘记许多了，我们还会忘记什么？会不会有那么一天，我们把自己都忘记了呢？又或许哪一天，当我们想重寻对月亮的记忆的时候，想看一眼真正的月亮的时候，才悚然发现，月亮，早已不存在了。

官事

我们把月亮忘记了

皇帝其实都知道

康熙曾对大学士们说过一番话，治国宜宽，宽则得众。若吹毛求疵，天下岂有完人？康熙还举例说，赵申乔任湖南巡抚的时候，大小官员都被他参劾过，难道全省没有一个好官？官之清廉只可论其大方面者。张伯行居官也清廉，但他刻了那么多书，而刻一部书非花千金不可。这些钱哪里来的？只是朕不追究而已。

保举 左宗棠督办陕甘军务时，肃州镇挂印总兵出缺，皇帝特简只字不识的陈春万补任。照例该职应由左宗棠密保，可他并没有保举此人。原来湘淮军赏提督记名逾八千，总兵近万，副将以下不可计数，都无实职。皇帝翻开名册，御笔蘸朱太饱，未曾看清左宗棠保举的人，朱点已滴在陈春万名字上。皇帝说：就是他了！

嗜睡 张之洞为封疆大吏时，有个嗜睡的毛病，吃着饭，喝着茶，不管座上何等贵宾，说睡就睡着了。有人说这是居官傲慢，有人说这是魏晋风度，有人却说：张之洞晚年入相，怎么不见他在皇上和慈禧太后面前说睡就睡？原来，做方面大员时，身边都是下属，爱理不理都由他了。

狗卵胞 读近人轶事，有熊十力一则颇有趣。当年湖北财政厅厅长张难先与熊有旧谊，便多有逢迎之徒欲托熊介绍。熊不胜其烦，居然发启事说：仆本散人，雅不欲与厅长通音讯。厅长何物？以余视之，不过狗卵胞上之半根毫毛而已！

功夫　　康熙登镇江之金山，欲要题字却胸中无词，提笔犹豫了很久。高士奇忙写了"江天一览"四字在掌心，凑到皇帝身边假装磨墨，故意稍稍露出手心的字。皇帝会意，欣然命笔。世人如能有高士奇的拍马功夫，何愁不飞黄腾达？

皇帝　　康熙讲究所谓以宽治天下，曾对大学士们说过一番话，大意是说，治国宜宽，宽则得众。若吹毛求疵，天下岂有完人？康熙还举例说，赵申乔任湖南巡抚的时候，大小官员都被他参劾过，难道全省没有一个好官？官之清廉只可论其大方面者。张鹏翮居官很清廉，但他在山东兖州做官时，也曾收过人家的规例钱。张伯行居官也清廉，但他刻了那么多书，而刻一部书非花千金不可。这些钱哪里来的？只是朕不追究而已。两淮盐差官员送人礼物，朕不是不知道，只是不想追究！读了康熙这番话，方知官员清廉与否，皇帝其实都是知道的。

忠臣　　清末民初徐珂《清稗类钞》载一趣事，说的是乾隆皇帝出巡到山东，想体察民间疾苦，召一个农夫到御舟上，询问农事丰歉，地方官好与不好。农夫的回答很让皇帝满意。弘历高兴起来，就恩准农夫同扈从各大臣一一谈话，并可询问大臣们姓甚名谁。因为农夫是奉了圣旨的，群臣不敢怠慢，均报以实姓实名。大臣们又怕农夫在皇帝面前讲坏话，居然战战兢兢大失常态。农夫遍观诸臣之后，回奏皇上："满朝皆忠臣！"皇帝问他怎么知道都是忠臣，农夫奏答："我看见演戏的时候，曹操、秦桧的脸上都涂着雪白的粉。今天见那些大臣没有一个脸上涂了白粉，所以知道他们都是忠臣！"皇帝听了大笑。

坦率

曾遇一官员，每说一句话，必有一句口白：容我坦率地说云云。我第一次听他这么说，以为他要对我提意见了，准备洗耳恭听。结果他说：王老师，您容我坦率地说，您的小说我太喜欢看了！一顿饭下来，这位先生不知坦率地说过好多话。

领导抓

本人写官样文章多年，曾被某领导在文字上把关。该领导喜欢题目整齐，改作：一、重点抓，抓重点；二、中心抓，抓中心；三、反复抓，抓反复；四、领导抓，抓领导。没几年，这位领导真的被抓了。一语成谶啊！

致悼词　　一干部去世，领导前往致悼词。悼词第一句是：我怀着沉痛的心情云云。该领导大概英语学得太好，知道比较级、最高级，很聪明地改作：我怀着比较沉痛的心情云云。结果该领导差点被死者家属群殴。

卫生状况　　一领导到食品厂视察，很不满意工厂的卫生状况，严厉批评道：我哪天在你们门口屙一堆狗屎，看你们扫不扫！

第三条腿　　官员做报告也很讲语言艺术，务必生动形象。九十年代中期，上头号召大力发展第三产业。很多地方的领导都在会上讲：我们要学会三条腿走路，切实拉长第三条腿，一定把第三条腿做大做强！

文化官员　　某文化官员在会上说：作家一定要博学多才。贝多芬的诗多好啊！生命诚可贵，爱情价更高！若为自由故，二者皆可抛！他的音乐也了不起，你看他的《命运交响曲》，梆、梆、梆——梆！领导说着唱了起来！

文化官员

某文化官员在会上说：作家一定要博学多才。贝多芬的诗多好啊！生命诚可贵，爱情价更高！若为自由故，二者皆可抛！他的音乐也了不起，你看他的《命运交响曲》，梆、梆、梆——梆！领导说着唱了起来！

雷锋精神　　　　曾有官员在会上讲到思想道德建设，放言道：我们要大力弘扬雷锋精神！鲁迅先生写文章《论雷峰塔的倒掉》，本人不敢苟同！雷峰塔不能倒，雷锋精神永放光芒！

娱乐　　　　我在郴州讲座时，笑言官员们也要有点娱乐精神。人家娱乐明星们，天天有人骂，照样活得有滋有味的。官员为什么不可以让人骂骂呢？官员不让批评，肯定就是专制。

旗号　　　　某地约请讲座，望我讲反腐败和廉政建设。我婉拒了。虽然我的演讲会涉及此内容，但不想挂上这个旗号。我只是一介书生，谈反腐倡廉这么大的话题，有些吃不消，且有狗咬耗子的味道。

技术官僚　　　　重用所谓专家型干部，导致技术官僚太多，只认得英文字母和阿拉伯数字，实行褊狭的 GDP 主义，缺乏大视野，更少大关怀。

有关部门　　读到一句经典官话：事实正像大家所知道的那样，有关部门已采取相应措施，问题得到了妥善解决！

铅笔　　哪里有很牛叉的铅笔吗？据说大人物在大事上签字，不是用钢笔或毛笔，而是用铅笔。大事会进入历史，签字未必经得起历史检验。铅笔签字，可随时擦掉。所以，大人物用铅笔。

叛变　　有一年，我在基层工作的时候，局势有些紧张。我跟同事开玩笑：假如真出大事了，我们的领导会领着我们上山打游击吗？有人回答：第一个叛变的可能就是我们的领导！

失踪　　有人说，突然想起李明溪了，不知道他结局如何。说实话，我也不知道他怎么样了。十二年前，他突然失踪，我再没见过他。

小跟班　　有位老同事被"双规"了，他身边有一小跟班也被"双规"

铅笔

　　哪里有很牛叉的铅笔吗？据说大人物在大事上签字，不是用钢笔或毛笔，而是用铅笔。大事会进入历史，签字未必经得起历史检验。铅笔签字，可随时擦掉。所以，大人物用铅笔。

了。多年前，此小跟班在我面前点头哈腰，令我心生恐惧，不敢过近交往。我真怕这种人。我生也傲，不同轻慢我的人往来；我生也贱，不同太肉麻的人往来。

中秋

某地领导名字叫中秋，当地报纸需慎书"中秋"一词。某年中秋节当地发生重大杀人案，记者不小心写道：中秋夜杀三人。结果，上头追究下来，报社领导写出深刻检讨。古时避讳最多避到太子，哪知今时避到地方官了。

上环

某地计划生育亮了红牌，书记在会上批评基层工作抓得不实，骂道：天天听你们喊上环上环，就上在你们嘴巴上！

特区

某特区报纸曾约稿，文章却老被总编毙掉。我问：这文章内地报刊都登得出，你们还是特区啊！编辑报怨：特区特区，特别委屈！她还说：我们这里的官员，搞钱比较右，其他比较左！

演新闻　　　一位老人在家搞爱国主义教育，指着电视问四岁小孙子：知道那位爷爷是谁吗？小孙子头都没抬就说了：知道，演新闻的！

卧铺　　　有研究表明，人在躺卧状态，思维更加清晰。因此，曾有专家建议联合国会议都睡着开，改座椅为卧铺。时隔经年，联合国尚未来得及采用此建议，中国人早已走在世界前列。以后，中国的会议都应该这样开！中国人，高视阔步，领先世界！

权力　　　世人多以权谋为政治，多以权力斗争为政治斗争，实是最大误解。中国其实很少有政治，多为权谋；亦很少有政治斗争，多为权力争斗。所谓的政治人物也多无政治理想，只有权力欲望。欲问他们的信仰，则只是两个字：权力！

大舌头　　　一领导下去视察，迎宾小姐大舌头，"欢迎参观，热情服务"被说成了：欢迎贪官，色情服务！

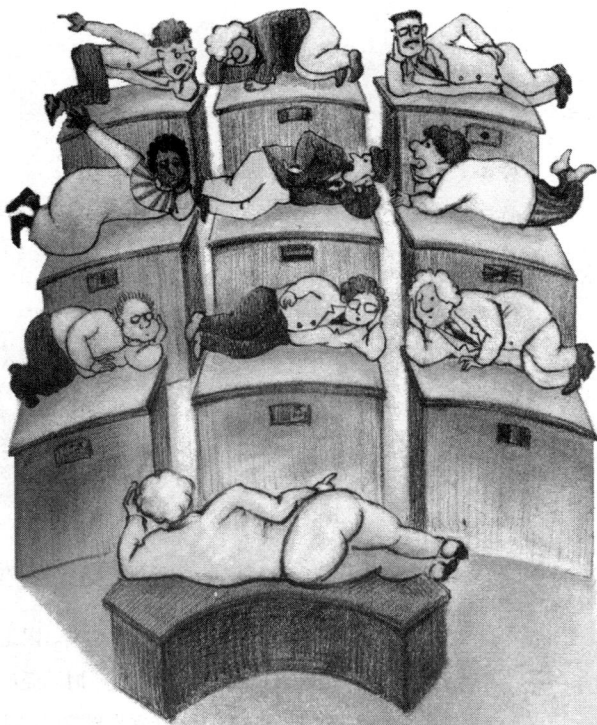

卧铺

　　有研究表明，人在躺卧状态，思维更加清晰。因此，曾有专家建议联合国会议都睡着开，改座椅为卧铺。时隔经年，联合国尚未来得及采用此建议，中国人早已走在世界前列。以后，中国的会议都应该这样开！中国人，高视阔步，领先世界！

下课关门　　　一个出版社，仅因给领导出书用的纸领导不满意，出版社负责人下课；一家民营大书店，因每次领导出的书都得摆在最好位置，且先付书款，只好关门了事。怎么这么不要脸！

国家干部　　　一人嫖娼被抓，罚款之后还被勒令写检讨。此人写道：我把自己混同于国家干部，完全忘记了自己只是个普通老百姓！

艺术性　　　二十年前，陪领导出差，火车误点，在车站看当时流行的镭射电影。只要有暴露镜头出来，领导就说：思想性很成问题！我猜他的心思是不说这话就不好意思。电影结束后，他额上汗津津、油光光，感叹道：艺术性还不错！

面孔　　　人们说官场上的人总有多副面孔，这说法其实不准确。一个人的面孔只有一副，他的眼睛、鼻子之类不可能有多种组合。面孔其实只是类似电视荧屏的东西，平板而机械。多姿多彩的是这荧屏上的表演。修炼到家的官场人物，就是成天脖子上顶着个电视机，你想看哪个频道，他就给你开哪个频道。

姿态   大多数领导都喜欢下级多汇报。并不一定在于汇报的实际内容，重要的是汇报所象征的姿态。多向领导汇报，说明你尊重领导。即使没有工作可谈，你找领导汇报思想也行。而且汇报思想最能讨巧，因为思想这玩意儿无形无色无声无响，你想怎么汇报就怎么汇报。

问题干部   某地县委书记因贪污腐败被查处，交代与其有染的女干部若干。此后，每逢县里提拔女干部，纪检部门就会提醒此女如何如何。县里遂与纪检部门联系：可否提供一个"问题女干部"名单？纪检部门很为难，怕引发社会恐慌。

用途   刚在深圳音乐厅的微博里看到一则笑话。我所知版本却是这样的：年终官员们开会研究一笔钱的用途，幼儿园同监狱都打了报告。市长说：同志们，我们还有可能上幼儿园吗？于是，一致

面孔

　　人们说官场上的人总有多副面孔，这说法其实不准确。一个人的面孔只有一副，他的眼睛、鼻子之类不可能有多种组合。面孔其实只是类似电视荧屏的东西，平板而机械。多姿多彩的是这荧屏上的表演。修炼到家的官场人物，就是成天脖子上顶着个电视机，你想看哪个频道，他就给你开哪个频道。

决定这笔钱拨给监狱。

看待　　　　人们看待和评论官员，跟看小孩的眼光差不多。这个领导多能说，多平易近人！其实只需他稍有口才，架子稍放下些，就会得到这种好评。我们平时赞小孩：多听话，多聪明！

小吏　　　　听闻一故旧为小人，无端中伤。大笑。老夫何许人也？流言奈我何？彼者人后拨弄是非，无非露其嘴脸，授人笑柄罢了。不然，此等话如何频传我耳中？此人居然已是一方小吏！十多年前即看破此人，不点破而已。

最大优点　　　　做官的人说：我最大的优点就是认真，最大的缺点就是太认真。做生意的人说：我最大的优点就是诚信，最大的缺点就是太讲诚信。做学问的人说：我最大的优点就是严谨，最大的缺点就是太严谨。混世界的人也是这套腔调：我最大的优点就是讲义气，最大的缺点就是太讲义气。天下尽是好人，盗亦有道。

感激　　　　驱车去公园，一酒后骑三轮警用摩托的警察闯红灯撞我车后逃逸，不出三百米又撞上的士，再也跑不掉。警察老婆马上打电话叫人。警察就是这个公园派出所的。公园来人火速处理事故，态度非常之好。我就想：此事蹊跷。不久知道，原来那天上面领导马上要来散步，必须在领导到来前处理好。无限感激这位领导！

天天醉　　　　一官员颇有诗才，诗频见报端：高楼拔地而起，我醉了；街道平坦整齐，我醉了；处处花团锦簇，我醉了。有人读了，说：妈的，知道你天天醉，还要登在报纸上！

酒店老板　　　　有位酒店老板，因没读多少书，就格外鄙视文化人，口头禅是：书又变不成钱！又因没有当过官，很不喜欢你叫他老板，好听人叫他领导。见了真正的领导，自然摧眉折腰。一日市委书记去用餐，此酒店"领导"忙凑上去拍马：书记您来这一年，既不出太阳，又不下雨。市委书记大为不快：你去忙吧！

演新闻

一位老人在家搞爱国主义教育，指着电视问四岁小孙子：知道那位爷爷是谁吗？小孙子头都没抬就说了：知道，演新闻的！

腐败　　　农村老汉问干部：腐败是什么意思？干部说：你看看树上的苹果，烂得流脓了，就是腐败。老汉说：我放心了，你们不会腐败。干部高兴：为什么呢？老汉说：天天拿好酒泡着，怎么会腐败呢？

吃过饭　　　有种人，只要谁说到某某权贵，他马上会说：我们一起吃过饭。

拜年　　　突然想起，活了几十年，只需给家大人及至爱亲朋拜年，不需厚着老脸给不相干的人拜年，花冤枉钱，好不自在！想有的人，一边笑眯眯拜年，一边肚子里骂娘，又是何苦！

发言人　　　在老家过中秋。每日艳阳朗月，清风送爽。回家头一日傍晚，东南远山大火。弟说：不是起山火，而是炼山，你看火烧得有规律。夜深，火势大作，半空皆红。弟说：我现在告诉你们，真是起火了。我笑弟：你太像政府发言人说话了，哈哈！（名词解释：为造林之需而人工烧山，谓之炼山。）

头发政治 头发在中国，从来都是政治。清人入关，令男人剃发蓄辫，留发不留头，留头不留发，是为头发与政治之最极端关系。而今中国成世界染发第一大国，亦有政治远因。上世纪 80 年代初，讲究干部年轻化。自此，干部不敢老去，领导干部改年龄一度成潜规则。头发自然不敢白，需时时染着。久而久之，流风成习。

腰包 筹资举措，各地都有经验，最为典型是什么"几个一点"：政府出一点，银行贷一点，社会募一点，群众交一点。话说得漂亮，其实无论哪"一点"，最后都会万流归宗，"点"到老百姓的腰包里。

救驾 曾听说某高官的车遇事为百姓所阻，当地乡长紧急驱车前往救驾。快至事发之地，乡长令小车停下，脱鞋急奔而往，说：报告首长，我闻讯来不及叫车，赤着脚跑了来。高官问了乡长姓名，此人马上发达了。

廉洁 一个常见的官场套路是：大处不廉洁，小处装廉洁。坐一回

拜年

　　突然想起，活了几十年，只需给家大人及至爱亲朋拜年，不需厚着老脸给不相干的人拜年，花冤枉钱，好不自在！想有的人，一边笑眯眯拜年，一边肚子里骂娘，又是何苦！

公共汽车，骑一回单车，穿一回破鞋，报道出去，就廉洁了。我们老百姓不需要这样表演廉洁！真是个廉洁奉公的好官员，老百姓每人给他买双皮鞋都乐意！

官帽

刚参加工作时，一位长者无官职，又因他同我父亲是老同事，我便以伯伯相称。不久，此翁提拔了，副科级秘书。我觉得不便叫他某秘书，仍唤以某伯。一日，此翁自嘲：干了一辈子，混了个伯伯！原来，他更乐意我喊他某秘书，到底是个副科级干部。自此，知道官场中人把官帽看得比命还重。感慨系之，悲而叹之。

送书

我不喜欢某些官员，从来不加掩饰。曾有官员暗里对我说三道四，明里却说如何喜欢看我的书。有回，他问我要书，便在扉页上引清人诗道：矮人看戏何曾见？都是随人话短长。有一回，又引《论语》题道：中人以下，不可以语上也。

华威　　刚参加工作时，一领导成天东奔西走，不知要开多少会。我少不更事，拿领导开心，说：您真像华威先生。领导不知华威先生为何物，谦虚道：我哪能跟人家华威先生比呢？

大官　　赫鲁晓夫有次对一位画家的作品发表评论，画家不买账。赫鲁晓夫愤然作色说：我当年是基层团委书记时不懂画，我是地区党委书记时不懂画，现在我是党的总书记了，难道还不懂画吗？真有这样的官员，以为自己官当大了，就什么都懂了。

芙蓉楼　　湖南怀化黔城有座芙蓉楼，是前人为纪念唐代伟大诗人王昌龄而建。楼上有幅名联：天地大杂亭，千古浮生都是客；芙蓉空艳色，百年人事尽如花。一天，有位官员莅临参观，读了这幅对联，摇头说：太消极了，应改改。于是信口就改了对联：天地大世界，千古人民建伟业；芙蓉多艳色，百年人事结硕果。幸好这位官员没到金口玉牙的程度，不然芙蓉楼就惨了。

本行　　　　曾经有位同事，我同他只是点头之交，不太熟悉。有回，这位同事受他朋友之托，约我吃饭。席间，这位同事大谈科学，总是遗憾自己脱离了本行。餐厅服务员走路时滑了一下，差点儿摔倒。同事便问我：你知道这是什么道理吗？我说：不知道。同事说：地板太滑了，摩擦系数太小。哎，处处都有学问啊！我说：你真是长了个科学脑袋。同事说：我晚上睡在床上，总是浮想联翩，感觉宇宙太博大了，有多少奥秘等待人们去揭示啊！我说：你真该去搞科研。同事摇头叹道：太忙了，太忙了。接着又兴致勃勃地说：我现在最感兴趣的是生命科学，等哪天有空了，我会去研究研究生命科学。我暗自好笑：很多科学家毕生致力于生命科学都无所建树，这个人今后只要抽空搞搞研究就能大有斩获！我当时就想，这种傻瓜必定仕途顺畅。果然，此人后来官运亨通。

儿戏　　　　自古官场上弄得无比正经的事情，其实大家心里都明白那是儿戏。很多久历宦海的官场混混，他们最能从庄严肃穆的官场把戏中看出幽默、笑话、无聊、虚假、游戏，等等，因而就学会了整套欺上瞒下的好手艺。既然大家都知道官场门径多为游戏，为什么还玩得那么认真呢？又不是黄口顽童！原来大家都明白，皇帝虽然喜欢杀人，但只要哄得他老人家高兴，赏赐也是丰厚的。

管他游戏不游戏，玩吧！玩得转了，不论赏下个什么官儿做做，便可锦衣玉食，富贵千秋。

多余　　孔子说"学而优则仕，仕而优则学"，后人望文生义，理解成学问做得好的人就去做官，做官做得好就须不断学习。这完全是误解了。这句话说的"优"字，并不是优秀的意思，而是多余、富余的意思。优者，渥也，裕也。孔子的本意是说，读书读好了，如果有多余的能力，就去做官；做官做得好，如果有多余的能力，可以做做学问。

学者　　一海归博士自京师来，相约叙话。饭局间，博士每每说自己是学者，而非官员。常人说自己是学者，有骄狂之嫌；官员说自己是学者，则是谦虚了。暗中有个逻辑：官员谦虚，便成学者。可见，官员到底比学者高级。席间难免论及有关人事，但凡说到某某官员，博士必说这个人是我的好朋友，我们吃过饭。其实，我觉得此君更愿意我们把他看作官员。于是想起一位前辈的调皮话，套用之：此博士必定在官员面前作学者状，在学人面前摆官员谱。

大学问　　我性子急，之前在机关，总想加班加点做完手头的事。可是，当我很多次以最高效率完成工作时，得到的评价竟是做事不太认真。困惑了些日子，我如梦方醒。原来在我谋生的地方，凡事都讲究艺术的。比方说，下级做事一般要举轻若重，既显得兢兢业业，更显得水平不如上司。如果下级表现得比上司还能干，那就是不能干了。上司在下级面前却通常要表现出举重若轻，哪怕他原本是个庸人。轻重之间，大学问存焉。

玻璃罩　　过去在官场，看多了滑稽的事，遇上再不可思议的事，都云淡风轻了。周围的气氛让有些人弄得再怎么庄严或一本正经，我却知道究竟是怎么回事。我便又时常生出一种新的错觉，这是种空间错觉：总恍惚中觉得眼前的一切都关在一个巨大的玻璃罩里，而我总是在玻璃罩外面逡巡，冷眼看着里面的热闹。我照样天天在那个大院里走来走去，也天天碰见别人在那里来来往往，他们也天天同我握手寒暄。可我老觉得他们同我隔着层厚厚的玻璃。玻璃有着极强的隔音效果，望着他们汲汲仕途，一路呼啸，我会突然失聪，听不到任何声音。玻璃罩里面上演的就是好玩的哑剧了。

三句话

我说有的大领导一二三都弄不清，必须看稿子，你相信吗？曾有大领导在更大的老领导追悼会上，看着稿子喊：一鞠躬！再看看稿子：再鞠躬！再看看稿子：三鞠躬！这三句话，也是秘书写好的，不看稿子念不出来。

印象

记得刚踏进官场，对一个名词的感觉特别深刻，那就是：印象。而且据说最最要紧的是第一印象。好心的同事告诉我，谁谁本来很有才干，就因为某某偶然事件，在领导那里落了个不好的第一印象，他就背时倒运；谁谁就因为年轻时的一件小事，在领导那里印象坏了，一辈子就再也没有出头之日，直到退休都还是个普通干部。这些故事里的主人公，都是我可以看见的活生生的人，他们都是一副落魄不堪的样子。刚参加工作时，我还很有些抱负，总想有所建树，便处处谨慎，事事小心，惟恐领导对我的印象不好。慢慢地，我好生困惑，发现这印象之说真没道理：那些所谓领导，嘴上那么堂而皇之，而知人用人怎么可以凭他的个人印象呢？原来官帽子不过就是他们口袋里的光洋，想赏给谁就赏给谁，只看你是否让他看着顺眼！

三句话

我说有的大领导一二三都弄不清，必须看稿子，你相信吗？曾有大领导在更大的老领导追悼会上，看着稿子喊：一鞠躬！再看看稿子：再鞠躬！再看看稿子：三鞠躬！这三句话，也是秘书写好的，不看稿子念不出来。

看法　　老百姓说得激愤：中国最大的法不是宪法，而是看法。尽管这是极而言之，却实在道尽了官场很多失意者的无奈和辛酸。所谓看法，也是我困惑的一个词儿。看法多是用作贬义的。官场上，你跟谁透个风：某某领导对你有看法了，这人准被吓个半死。看法坏了，你再怎么兢兢业业洗心革面都徒劳了。领导今天对你有看法了，明天你怎么做都不顺眼了。看法会让你死也死不了，活也活不好。

组织　　所谓组织，也让我大惑不解。组织是个筐，什么都可往里装。某某领导要重用你，说是组织需要；某某领导要修理你，也说是组织需要；某某领导想把你凉起来，同样说是组织需要。你若不想任人宰割，准备摆在桌面上去申诉或控辩，他们会说你不服从组织意见，或说你对抗组织；而你私下发发牢骚，却又是搞非组织活动了。有些人就这本事：把什么事都放在组织名义下，弄得堂而皇之。无可奈何，官场中人都是组织内人，纵有满腹委屈，只要别人抛出组织这个词，他们只好隐忍了。面对冠冕堂皇的组织，他们只得失语。

官帽子　　　　所谓尊重领导，我也是颇为质疑的。我没见过哪个文件或法律上规定下级必须尊重上级，而这却似乎是官场铁律。我虽然迂腐，却并不是凡事都去翻书的人。只是耳闻目睹了很多所谓领导，并不值得尊重。就像眼镜不等于知识，秃顶不等于智慧，修养差不等于性子直，肚子大不等于涵养好，官帽子高并不一定就等于德才兼备、令人尊重。近年来倒了很多大贪或大大贪，他们八面威风的时候，一定早有人看透了他们，并不从心眼里尊重他们，只是他们掌握着别人的饭碗，人家奈何不了他们。往深了说，这尊重领导，骨子里是封建观念。因为笼统地说尊重领导，往下则逐级奴化，往上的终极点就是个人崇拜。人与人之间，当然是相互尊重的好，但值得尊重的是你的人品和才能，而不是你头上的官帽子。

人缘　　　　同下级打成一片的官员也是有的。有些官员同他赏识的下级或企业家就混得跟朋友似的。总有那么些人，天天围着官员转，点头哈腰叫老板。过去有个时候，老板二字在中国近乎于贬义词，而现在常用来称呼有权的和有钱的。你有权，我有钱，就很容易做朋友。何谓朋友？朋友的定义也早与时俱进了。有个顺口溜说朋友的标准是：一起下过乡，一起扛过枪，一起分过赃，一起嫖过娼。有些地方，长官一倒台，牵出一大片，说明这些长官人缘还是不错的。

打扫卫生

昔时厕身某处公干，每日头道功课就是打扫卫生。先是打扫室内，再去打扫室外。室外是水泥坪，栽着些樟树。每见树下青草长起来了，我就高兴。可头儿总要带头拔草，非得树下只剩光溜溜的泥土才算满意。头儿还喜欢念叨：堂堂政府机关，怎能容得杂草？威严之态俨然也。晚秋落叶飘零，满地金黄，很是情致。也非要扫得干干净净！

官长

原先在衙门公干，有位官长成天黑脸皱眉，忘乎所以。很多回，下级单位来办事，他总是鼻子里打哼哼，眼不望人，爱理不理。我在场见着，很是尴尬，就像自己对不住别人似的。下面来的那些人，很多是我熟识的，就更觉难堪。他们同我私下里说：没见过如此没教养的人，还是什么狗屁副厅级干部！我能说什么呢？只好倒茶看座，顾左右而言他。此等情状见识了几回，我就学聪明了：但凡下面来人找那位官长，我先溜了，免得难受。我实在不忍看他那张脸。

日常腐败　　我想应该发明一个名词，叫日常腐败。官员们平日吃的、穿的、用的、玩的，都是不能同他们算账的。光说抽烟，很多官员抽的是百多块钱一包的香烟，只算每日一包，每月光是抽烟就得花三千多块钱。他们光靠抽烟显然是活不了的，还得有别的消费。如果我们老百姓脑子太古板了，硬要在这些小节问题上较真，还要不要官员们领导我们奔小康？正像每篇官样文章都必须说的，什么工作都需要加强领导啊！这些司空见惯的小节问题，就是日常腐败，老百姓最好装聋作哑。

官话　　自古官场遵守的是"海洋法则"：大鱼吃小鱼，小鱼吃虾米，虾米扒沙子。底层的官员就只有鱼肉百姓、盘剥更下级的皂吏了。旧时县衙有块戒石，有里外两面，朝里的是四句圣谕：尔禄尔俸，民脂民膏。百姓易虐，上天难欺！这是给县令看的。朝外的是"公生明"三字，是给百姓看的。百姓进门就看见这堂皇三字，再往大堂上一跪，看到的是"明镜高悬"或"清慎勤"的牌匾。这又往往是哄人的。县令天天看那四句圣谕，是否真往心里去，只有天知道！

痛哭　　　　几年前，我参加过一个学习班。一位教授在讲台上痛陈官场腐败种种，竟不能自已，失声痛哭。全场惊愕，面面相觑，似乎这位教授的哭泣好没来由。这个学习班是培养后备干部的，这些人只要学会点着头微笑，过不了几年就会飞黄腾达。我最终躲进书房成一统，多半因为在很多情形下笑不起来。我怀疑自己的泪腺太发达了，耳闻目睹很多事情，总是想哭。可我不敢让眼泪流出来，往往仰天摇头，听凭一种酸楚的感觉顺着鼻腔和喉咙落到肚子里去。现实的生存空间其实是容不得你想哭就哭的，别人会说你懦弱、幼稚，或干脆说你有毛病。

批条　　　　明白国情的人都知道，官员批示往往比法律、文件之类更管用。关于批示，其中奥妙不少。求官员写批示的人很多，而可用资源或机会又毕竟有限；但官员通常应是平易近人、关心民瘼的。于是，官员批示就有了许多学问。早些年官员们是在措词上动脑筋，比方"着力解决"、"尽力解决"、"按章办理"、"酌情处理"之类都各有深义，下属领命，心领神会，自会相机而行。结果，同样是官员批示，看上去字面上都很漂亮，却是有的人办成了事，有的人办不成事。群众只好发牢骚，说领导都是好的，只是下面办事的人扯淡。官员做好人，下面做恶人。时间长了，把戏就让百姓看穿了。于是又有了新花样。有的官员同下面私下商量，横着批示的着数，竖着批示的不着数；有的官员暗中嘱咐下面，签名是繁体的你就办，是简体的你就拖着。有的官员同下面约定，光是我的批示你可以不理，以打电话为准。有的官员面对某些重大事件，他们心里清楚很可能给自己历史留下污点的，居然用铅笔签字，随时可以擦掉。

道德　　某位高官因受贿几千万元而倒台，据电视新闻报道，此官员之所以走上犯罪道路，是因为放松了世界观的改造，忘记了党的宗旨，贪图享受，生活腐化，等等。说了一大堆，没有一条说到点子上。"改造"云云，一言以蔽之，就是道德自律。似乎只要官员们做到道德自律，就政风廉洁，天下清平了。何其天真！

认同　　在有些官场人物那里，没有起码的是非或道德标准，他们只认同实用的游戏规则和现实的生活逻辑，他们从骨子里嘲笑崇高，却很职业地扮演着伪崇高，而这些伪崇高者只要表演得像模像样，总有机会成为一方红衣主教。

演戏

人往高处走，水往低处流。但是，水到最低处，流向大海就成海水，失掉了水的真味。人到最高处，倘在古代就是人主，缺少了人的真性。所谓人生如戏，多指往高处走的人。人越是位高权重，越活得不像本真的人。演戏是常事，背叛和被背叛也是常事。古人说"白首相知犹按剑"，大抵是指权利场上的所谓朋友。平头百姓不必如此，自可笑骂由己，快意恩仇。

吹捧

某省有位领导下乡视察，握着村支部书记的手大加赞赏。村支书非常感动，连说三声：感谢领导吹捧！领导大笑，随从亦大笑，一时引为趣谈。领导在这里是宽厚的，他体谅村支书文化低。村支书其实是说了错话，他本想说感谢领导表扬。但他的错话有喜剧效果，反倒显出农民的质朴可爱，又衬托了领导的平易近人。领导便不怪罪，说明年再去看他。

黑暗教主

有位网友屡发评论，说我的小说"把个现实弄得个体无完肤，为少数官僚找出'兴风作浪'的借口和途径。民意屡次被奸，王先生难辞其咎！尤其是所谓官场应酬的细节描写，简直就是诬蔑、歪曲和误导！"这是他的原话。如此，中国官场腐败，我是最大的黑暗教主。罪该万死啊！

打招呼　　办事打招呼，虽是于今为烈，却也自古有之。张之洞任两广总督时，有年潮州知府出缺，张大人想用自己亲信充任，给广东布政使游智开打招呼。可是，游藩司已事先答应广东巡抚了。张之洞大怒，责问道："你不把我放在眼里，只知讨好巡抚，你凭什么？"游智开算个不怕事的人，斗胆说："我能凭什么呢？只是旧制规定兵事归总督，吏事归巡抚。卑职身居两姑之间，做不好这小媳妇，不得不按制办理！"张之洞更加来了脾气，说："巡抚归总督节制，天下谁人不知？你这是从哪儿来的胡说？你把朝廷规定找出来我看看，我按你说的上奏朝廷，也好推掉吏事不再过问！"游智开害怕了，回家遍翻会典，一时找不到白纸黑字。张之洞却严追不舍，游智开被逼得吐血，只好称病辞官。张之洞自然如愿以偿，用了自己想用的人。

掌声　　据说有次斯大林在某个重要会议上出现时，全场起立，掌声雷动，经久不息。但是，一个新的问题出现了：谁第一个停止鼓掌呢？人们面面相觑，看谁先停下拍打着的双手。毕竟两手不能无休止地拍打下去啊。斯大林同志还要发表重要讲话，听完讲话大家还得投身轰轰烈烈的社会主义建设。终于，有个人双手停止了拍打，人们松了口气，掌声慢慢稀落，最后结束了。可是，几天之后，带头停止双手拍打的那个人就神秘地消失了。

旁观者言　　　一介无用书生，虽曾厕身官场，并未做过官员，一直是个旁观者。拗不过别人的说服，写了如下迂阔文字。不妨随意浏览，尽可付与笑谈。

1. **不可任情使性**。人皆有喜怒哀乐，然而倘若入了仕途，自应有别于常人。喜则不知自禁，怒则拍案而起，哀则伤心惨目，乐则不可支颐，通为常人之态，官人不可随之。虽为常情，有伤涵养。御人之人，先行御己。心须沉静，勿躁；口须谨慎，勿聒；身须庄敬，勿慢。居官者宜心井澄明，又不使人一眼见底。城府之说，深浅有度。城府太深，叫人不可向迩；城府洞开，叫人不知敬服。遇人必有好恶，然所好不宜过亲，所恶不可太疏。好恶显形于色，必致无端猜疑。处事定有顺逆，然遇顺当知慎重，遇逆尤须放胆。若顺则轻忽，逆则畏葸，则为不堪其任。人之才能，性情半之。

2. **不可恃才逞能**。才而不恃，能而不逞，节制谨度，善守之策。居官者，恃才而政事频出，必招众怨；逞能而包揽巨细，必致错谬。山水不显，为事从容，使人难窥堂奥，反有大家气象。大事有成竹，末节随他去，上下融融乐乐，方显将帅风度。若为下属，举事之轻重，当善为量之。上司能且贤，下属行事可举重若轻，才能自会脱颖于囊；上司庸且愚，下属行事宜举轻若重，不使才能盖于上司。轻重之间，非为机巧，只为策略。居贤能之下，尽其才能而行，必可出人头地；居庸愚之下，则小心慎行，早寻去路为上。

3. **不可埋怨上司无珠**。任事用人总有不公，其中曲直不必细说。然而牢骚太甚，于事毫无补益。多有终日浩叹怀才不遇者，倒霉根由正在此处。不如笃实务事，蓄势寻机而起。子曰："不患无位，患所以立。不患莫己知，求为可知也。"凭什么谋取职位，凭什么叫人刮目，这才是最要紧的。上司固然有能庸贤愚之别，却不必寄希望于知遇好上司。凡存此侥幸者，每逢新官到任，必趋身左右，觍颜俯首，媚态毕现。或故作放达，贤隐自居，待沽于衮。若未得逞，则又发不遇之叹，愤言上司有眼无珠。长此以往，俨然清狷高士，实则利蠹小人。

4. 不可责备下属无能。俗话说，五指有长短，缺一难成拳。善使人者，用长而避短，长则愈长，短则愈短。若不善用人之长，则只见人之短处。倘求全责备，则无人可用。为官事必躬亲，绝非勤勉之德，实为琐碎之病。有大格局者，必襟怀宽大，海纳百川。不记下属过违，慎言下属短长。有识谄辨谗之慧眼，有赏贤任直之公心。为官不贪功，居上不诿过。贪功则不得功，诿过则尽是过。倘若吹毛求疵，自命高明，鄙薄下属，必致上下怨怼。上司怒：目无官长！下属怨：长官无目！

5. 不可志得意满。人生之险，尤在春风得意。月盈则亏，水满则溢；天数如此，人亦然之。谤随名高，古之信诚；荣者多辱，世之常理。人于顺境之中，需持临深履薄之心，切勿稍有懈怠，以至忘乎所以。权柄在握，恭维者众，日久易骄。骄则不能自明，日久易昏。昏则不能辨事，日久易庸。聪慧卓越之人，久居高位而致昏庸，覆车之鉴多矣！人颂："大哉孔子！"孔子却说："吾何执，执御乎？执射乎？吾执御也！"孔圣人谦称自己不过是个好司机。天下凡愚，当效圣人之襟怀。

6. 不可怨天尤人。肩负重任，朝乾夕惕，劳心劳力，理所应当。此为任劳，无悔也易。倘若备尝艰辛，鲜有功果，却招众怨，则于心难平。众怨不可逆遏，若以怨对怨，则怨上生怨。是谓任劳者易，任怨者难。居官者意气用事，则不但关乎心性，实是才具不逮。遇此境地，必须虚怀若谷，坦然淡定，静以制动。风过双肩，无使挂碍，假以时日，是非自明。纵有途径可为沟通，亦需戒急戒躁，缓为图之为善。

7. **不可钻营投靠**。世如棋局，时有变数。今日若有投靠，明朝必定背叛。投靠是背叛的开始，背叛是投靠的终结。不要投靠任何人，也不要相信任何人的投靠。因投靠发迹者固然有之，实则是场赌博，输赢难逃天算。靠搜罗投靠者而乌合营垒的亦有之，实则也是赌博，未必胜券在握。君子不党，实非迂腐之论。鼠目寸光者，只图眼前小利，自可不断投靠，大不了不断背叛。然而欲成大器者，必不朝秦暮楚。常听人宣誓拜认主子：我就是您的人了！但人人生而平等，早是普世价值。当今之世，发誓臣服于人者，不顾脸面和尊严，所言必是假话无疑。这种人最靠不住。

8. **不可流于饶舌之弊**。言多必失，似乎世故之诫。逢人只说三分话，不可全抛一片心。这便是庸俗了。但话多终是毛病，招祸在所难免。子曰："君子欲讷于言而敏于行。"又云："先行其言，而后从之。"孔子这些话，说的都是行动比说话重要。言多易

钻营投靠

世如棋局，时有变数。今日若有投靠，明朝必定背叛。投靠是背叛的开始，背叛是投靠的终结。不要投靠任何人，也不要相信任何人的投靠。因投靠发迹者固然有之，实则是场赌博，输赢难逃天算。靠搜罗投靠者而乌合营垒的亦有之，实则也是赌博，未必胜券在握。君子不党，实非迂腐之论。鼠目寸光者，只图眼前小利，自可不断投靠，大不了不断背叛。然而欲成大器者，必不朝秦暮楚。当今之世，发誓臣服于人者，不顾脸面和尊严，所言必是假话无疑。这种人最靠不住。

生浮相，沉默方为金玉。当言则言，适可而止；不当言则不言，袖手旁观为上。却又无须做老好人，凡事唯唯，呆若木鸡。长此以往，人以为无用。与朋友相处，调笑无忌，全由性情，亦无大碍；与同事相处，插科打诨，油滑轻薄，终非得体；与上司相处，但观眼色，曲意逢迎，弄臣嘴脸，人所不齿。不必在口舌伶俐上下功夫，而应在腹中经纶上多用心。巧言令色幸得一时之利，沉默讷言可为长久之用。

9. **不可跟同事太密**。同事以公谊为妥，惟谨慎于私交。同事亦多称兄道弟者，不过逢场作戏，切勿当真去了。哪怕此刻倾心相谈，难保明日不为路人。利害攸关，友情自在云泥。王维有诗云："白首相知犹按剑，朱门先达笑弹冠。"说的便是出入公门的达官贵人，相交白头都在相互提防。世人世事，徒叹奈何。于公而论，同事过从太密，难免蝇营狗苟，沆瀣一气。此风轻则拉帮结派，排除异己，互植私党；重则朋比为奸，窃权谋利，误公害民。同事亦确有肝胆相照者，仍需君子之交淡如水。淡则长久，过密易疏。《论语》有载：澹台明灭非公事不访上司于私室，此为古君子之风，大可引为典范。

10. **不可盛气凌人**。居上宜宽，宽则得众。苛刻暴戾，必成独夫。虽可强权压人，终不使人久服。人在屋檐下，低头不得已。他日得意时，视你为仇雠。酷虐必养谄佞，贤能敬而远之。子曰："君子不重则不威。"重为庄重，不是自命贵重；威乃威严，绝非八面威风。然多有人寸权在握，即大耍派头，威风凛凛，招人惧恨。倘为高官，则装点敦厚假门面，盛气凌人于无形。一旦人去，必致骂声塞巷；倘若落井，定会下石如雨。盛气凌人者，未必全为官员，平常之公职，亦有不可一世之流。上司面前装孙子，百姓面前充老爷。成日耀武扬威，嘴脸形同恶奴。这种人，通常充为临阵赤膊，绝不会委以大用。

11. **不可钩心斗角**。权力场上，常有争斗。或明或暗，风波不止。得胜者扬眉吐气，失意者切齿生恨。然而，争斗得胜必结仇怨，难保他日不为人算。今日占了上风得意洋洋，说不定明日乾坤颠倒。更何况，权力场上的争斗，未必都有胜负之决，极有可能两败俱伤。世事本难公允，不可较之锱铢。每逢任事用人，总有埋怨人不如己者。子曰："不患人之不己知，患不知人也。"人多看不见别人的长处，也难看见自己的短处。哪怕自己真的才能过人，也未必应该担当大任。不如君子成人之美。和则利公利己，乱则公私俱损。与人厚道相处，不惟在升迁任用之关口，亦在乎平素过从之点滴。人前不必阿谀，人后切勿诋毁。抬人实是抬己，损人自会损己。多扬人善，多积口德，自有福报。然亦不必流于圆滑，逢人只一个好字。遇着可与诤言者，则当面畅怀直言。但劝诫只在私室，不宜宣于人前。若遇上司做纳谏状，则需慎之又慎。引蛇之鉴未远，对上不可轻言批评。

12. **不可轻慢傲岸**。人需有诚恳虔敬之心，常人当如此，官人更当如此。古人讲究官仪官威，为使百姓怕惧。今天仍想吓唬百姓，实是不识时务。有的人，花纳税人的钱，充纳税人的爷。百姓若有抗拒，竟以刁民辱之。倘若诉之法律，则被侮为喜讼。抱怨百姓不服管束，既是庸碌无能之论调，又是居高临下之狂语。倘若不以牧民者自居，不以公民为子民，境界必为之一新。古时民智愚钝，遇官战栗。今天再耍官派，民众视之不屑。为官者给别人以尊严，实是给自己以尊严。

13. **不可荒疏本业**。读书之人，多有本业。一旦从政为官，多同本业无缘。旷日持久，便把本业丢尽。是为大忌！人无远虑，必有近忧。做官罢官，无非一纸。今日裘马洋洋，明日栖栖惶惶。倘若手头有真功夫，不怕流落到没饭吃。人最靠得住的本事，也许就是童子功。哪怕顺水顺风，不荒本业也大有益处。人有专业背景，且能日新其学，又能推及其余，不成饱学博闻之士，亦会有逾越他人之处。若有福气擢为专业对口之官员，则成专家型领导，上下青眼相看。于公于己，善莫大矣。

14. **不可轻易写书**。庙堂之上皆书生，善舞文弄墨者众。但真写得好文章的，实则凤毛麟角。能写几句文章，又卓有创见者，则更是寥若晨星。倘偶有片言付梓，好事者阿言几句，立即云里雾里，俨然文曲下世，实是轻浮。哪怕真是文章锦绣，亦须抱朴守拙。眼红者有之，嫉妒者有之，寻事挑刺者有之。好好做事才是正经，纵然文比司马，亦需存乎己心。文章自有人写，且由他人写去。况且有人不写文章倒罢了，写了文章反知腹内草莽。这种人若有权在手，身边必有点头哈腰的崇拜者，越发让人看笑话。子曰："行有余力，则以学文。"孔子是说为君子者，做好了分内的事，倘有多余的能力，才可以在文字上用些心。千古圣训，应当铭记。且如今时世大变，哪怕做好了分内的事，也不必急急地写文章去。

15. **不可不思退路**。勇者善进，智者知退。然天下谋进者多，愿退者少。贪位恋栈，已为常病。须知福祉无边，人有竟年。全福之人少有，好处不可占尽。叫人搬掉椅子，不如自己腾出椅子。风光处谢幕最是明智，黯然时离身难免凄凉。为官艰辛，善始不易，善终尤难。若有隐衷在兹，必埋远因于前。萍末微澜，大风豫焉。身退须先心退，智莫大于止足。未能止足，心不退而身必不欲退；倘不得已而退，或心有不甘，或不得全身。万花丛中过，一叶不沾身。惟有止足，进亦不险，退亦无忧。

世俗

我是农民的儿子

　　某人为人做作，不管场合是否适宜，自我介绍的头一句总是说：
我是农民的儿子。有人听得多了，就紧接着那人自我介绍说：我是
农民！

三太子　　　在台北坐出租车，听司机讲了一个故事。说是有人买了一辆新车，妈妈去庙里为儿子请了龙王三太子保佑。三太子脚踏风火轮，台湾人以该神为司机保护神。不久，儿子车祸身亡。妈妈去庙里问"占童"，龙王三太子说：我的风火轮只有80迈，你儿子跑到120迈，我追不上，如何保佑他？

黄毛张　　　中学时，我的数学老师学问很好，姓张，头发是黄色的。学生调皮，背地里叫他黄毛张老师。有回，我题目不会做，去问他，喊道：黄老师！老师瞪着我，厉声道：我姓张！我登时背冒冷汗。张老师接下来解题，完了问我：懂了吗？我忙说：懂了，懂了。其实，我紧张得一个字都没听进去！

放空　　　山西有个万荣县，人好滑稽，喜讲笑话。有个万荣人搭汽车，汽车没等他，开走了。此人恨恨道：你等着！次日，此人买下全车的票，暗自等着偷乐。发车时间到了，汽车不得已放空走了。此人高兴，冲着汽车喊道：昨天你让我一个人没搭上车，今天我让你一车人搭不上车！

榆社笨蛋　　山西榆社有种纯土鸡，纯自然饲料喂养，长得很慢，叫做笨鸡。笨鸡下的蛋，叫做笨蛋。这次过山西吃过几回，味道真的很好！榆社笨蛋很有名，便有人调侃榆社人：榆社笨蛋。毫无贬意，善意玩笑。今人多机巧，笨有时其实是美德。

灵石人　　灵石人说，旧时路上捡着有字的纸，不可践踏，需认真折叠好，塞进墙缝里。此俗名曰：敬孔夫子。灵石人又说，旧时遇路有石块，需捡起来靠路边竖着置放，路便常年平坦无碍。此俗淳朴，利人利己。只可惜，此俗已不复存！

男花旦　　旧时花旦都是男人，乡村草台班子亦如此。我老家曾有男花旦红极多年，每次演出戏场爆满。多年后，先生老得脸上起皱，追星族们说一斤面粉都抹不光了，仍然喜欢他。有次演出，男花旦一改出场路数，长袖捂面，退着上台。突然亮相，一张苦瓜老脸。台下哄然大笑，依旧其乐融融。无他，知晓此人，喜欢此人。

悲剧　　　　　一朋友给人家回短信，他那手机"节"字后面上排第一字是"日"字，下排第一个字是"哀"字，又是触摸屏的，不小心回成：节哀快乐！真是悲剧啊！再怎么发短信解释，人家就是不回信了。

谢谢光临　　　　　一穿着入时之少妇在商场购物，付款罢，操纯正长沙普通话，很礼貌地对收银员说：谢谢光临！收银员一时语塞，不知如何作答，莞尔一笑。

烧香　　　　　午睡起来，开门看看外面，热浪扑面而来，以为着火了！老天爷，打算把您的子民都烤死吗？芸芸众生，作孽者虽多，但您总得留几个给您老烧香啊！

一个人　　　　　一女孩发来短信：老师，我再也不是一个人了！我惊骇：怎么就不是一个人了呢？莫非她做了什么坏事？一问，才知道她结婚了！

农民　　　　　某人为人做作，不管场合是否适宜，自我介绍的头一句总是说：我是农民的儿子。有人听得多了，就紧接着那人自我介绍说：我是农民！

不复见　　　　　楼下一老者，前几年常种菜卖，鹤发童颜，看了叫人舒服。他家更有老母，年逾八旬，耳聋目明。一家人慈眉善目。有时老奶奶坐在楼下菜篮边，有时只有菜篮不见人。人需买菜，估摸着丢下几角钱，取一把菜，俨然君子之国。今年再见时，老者已显衰态，其母已不复见。不禁叹息。

猪耳朵　　　　　夜宵摊上，服务员一手端猪脚，一手端猪耳朵，通常会这么问：你是猪脚，还是猪耳朵？

粉店　　　　　长沙粉店有圆粉扁粉，常有服务员问：你是圆的，还是扁的？我不敢回答。

女摊主

听肉摊上买卖双方对话，很有意思。女顾客：你的肉怎么这么肥？女摊主：不瞒你，我的肉就是比别人的好吃，我是乡下人自己喂的猪！

艺术

一友曾在北方办报，有回临时下了文章，一时找不到稿子替代。此友随便贴一风景照上去，下面写了一行字：牧民们在山那边挤奶！我说：太好了，比开天窗艺术多了。

裤子脱

发个段子娱乐，高雅和有洁癖者免看。一妪市售玉米，半日无人问津。向晚，一翁问价妥，欲以裤管充袋盛之。妪见老翁脱裤，大骇，提篮而逃。翁急追曰：价钱都谈好了，我裤子也脱了，你怎么不肯了呢？

三不论

少时好酒，人称"三不论"：酒杯不论大小，颜色不论深浅，度数不论高低！俱往矣，好汉不提当年勇，美酒留与后生喝！

我老婆　　几年前，曾见某杂志有幅漫画，一男子抱着小猫说：你比我老婆好多了，没有一天到晚在我耳边讲、讲、讲！见之，不觉莞尔！

生不如死　　有人在微博里问我：有个女孩很爱我，你说怎么办？我想都没想，就回答：这是个问题吗？好好地爱她啊！细想，这事儿有时真是个问题。想起流行的那句话：爱我你会死呀！有时，爱真会让人生不如死。

苦钱　　还记得有个乡下人，并不认得几个字。有回讲到"苦"字，他说：这"苦"字真像人的头啊，上头两个"十"字是人的眼睛，中间那个"十"字是人的鼻子，下面是一张嘴巴。人活一世就是个"苦"字哩！老百姓这么解释"苦"字，谁敢不同意呢？云南人把"挣钱"叫做"苦钱"，算是悟透人生了。

秀才　　小时候听乡村秀才说，"射"和"短"两字，古人把它们的

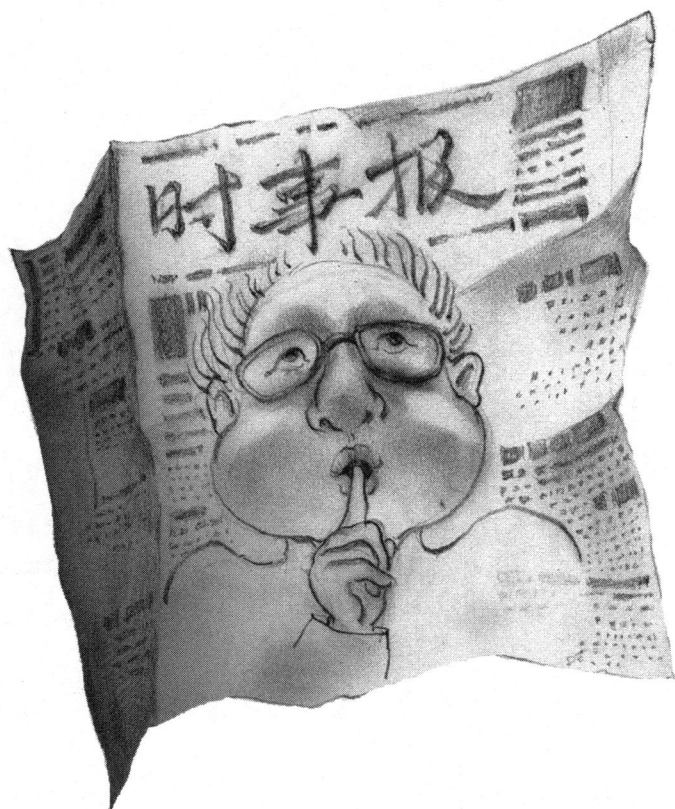

艺术

　　一友曾在北方办报，有回临时下了文章，一时找不到稿子替代。此友随便贴一风景照上去，下面写了一行字：牧民们在山那边挤奶！我说：太好了，比开天窗艺术多了。

意思弄反了。"射"应是"短"的意思，身长一寸，岂不是"短"么？而"短"正好是"射"的意思，以"豆"为"矢"，不正是"射"么？听上去颇有道理，所以至今记得。

逆行

一位老人执意独自驾车出游，儿子放心不下，锁定交通台收听路况报道。忽听播音员惊呼：高速公路上有一辆车逆行，请驾驶员朋友小心避让！老先生的儿子马上打电话告诉父亲，不料老先生慌张喊道：哪里是一辆车逆行啊，所有车都在逆行！

种猪

在乡下看见最牛的种猪广告，简洁到极点：你来五块，我去十块！

激动

小布什握着刘德华的手，操生硬的中文说：我认识你，你叫张学友！刘德华非常激动，用流利的英语说：谢谢您，克林顿先生！呵呵，这是段子！

上城

二十多年前初到长沙，看见街上刚有的士。我十分奇怪：怎么车上尽竖着牌子，上面写着空军呀？当时军队做生意很流行，以为长沙的士都是空军的。后来看清了，才知道是空车！——呵呵，有点像陈焕生上城！

清真米饭

飞抵北京。飞机上的乘务员说：机上有面条和清真米饭供应。我早上吃的是面条，就选米饭吧。米饭有菜两样：放盐的榨菜，无盐的白菜。飞机终于让我知道，什么是清真菜。过去也吃过清真菜，难道都吃错了？出门就是长学问，难怪古人说，读万卷书，行万里路！

红袖章

多年前，我第一次到北京出差，找不到教育部。问路，一老先生非常客气，蹲下来在地上画地图。我按图索骥，找到的却是当时的高教部。尽管如此，我非常感谢那位老先生。又在长安街上问一红袖章老大妈：哪头有公共汽车？大妈说：哪头都有！我又说：对不起，我想问哪头近些。大妈说：没量过！

问路

据说北京交警欺生，专找外地司机麻烦。但外地司机如果违规，马上停下问路，交警叔叔不但不会罚你，还会很耐心地指路。有回，一个外地人驾车走在长安街上，眼看着违章了，突然想起此秘诀，马上问道：请问北京怎么走？

令堂

一美国人学过汉语，知道"令"字是敬词，而中国人的"客厅"又叫"堂屋"，心想该称朋友的"客厅"为"令堂"。于是，写信给他的中国朋友：欲邀三五好友一聚，无奈寒舍逼仄，欲借尊兄令堂一用！

养鸡

小时候，家乡常闹水灾。乡民们一边承受着水灾的苦难，一边拿洪水开玩笑：水还涨大一点啊，淹死老鹰好养鸡！这就是朴实的乡下人的乐观和幽默！你想，老鹰都淹死了，那不就2012了吗？还有人养鸡吗？

鬼混

一日，见街头两狗相戏，一土狗，一洋狗。土狗老实巴交，憨态可掬。洋狗娇柔可爱，围着土狗扑腾，如小女子任性撒欢。阳光很好，街边绿草也好。忽一衣着入时之女子一窜而上，厉声斥责洋狗：Baby，你不要脸也，同这个乡里宝鬼混！

婚恋

多年前，一位早已辍学的小学同学告诉我：老同学，我快结婚了，老婆就是邻村的。我问：邻村的？叫什么名字？说不定我们认识。老同学说：名字嘛，我还没有问她！——这是真实的故事，乡下人简单的婚恋。

杜鹃

几年前，一个朋友说他失恋了，我听着很感动。他去了一个开满杜鹃的地方为自己疗伤。我说：你怎么寻这样的地方呢？杜鹃本是伤心物啊，没听过杜鹃啼血吗？——这年头，人们已经不恋爱了，哪里还有失恋？失恋已经是很奢侈的情感经历，尽管那么痛苦！

恋爱

一只大大的蜗牛爬在栀子花上，它背上的壳水亮水亮的。我猜这只蜗牛肯定恋爱了。

滋润

种了很多吊兰，雨后更显滋润。墙上的爬山虎很茂盛，叶子肥肥的。忍冬花开过了，新藤青嫩。蜗牛在花木上爬，不忍惊了它们。说不定它们正在恋爱呢？

保证

刚听到一笑话，可能很老了。一八岁小女孩问老师：我八十岁的奶奶会怀孕吗？老师说：不会！小女孩问：我十八岁的姐姐会怀孕吗？老师说：会。小女孩又问：那我现在会怀孕吗？老师说：不会。同桌的小男生说：我保证过不会有事的，你还不相信！

郑成功

三十年前高考，历史考试有道题目是名词解释：郑成功。一考生根本不知道此为何人何物，想当然把卷子涂黑即可，答道：失败是成功之母，郑成功是成功的兄弟！

儿童文学　　刚看到一个大学生做儿童文学欣赏题，开头写道：《龙猫》是宫爷爷宫崎骏的作品，产自日本。看了无语。一个大学生，怎么说话还是幼儿园语气？

小便宜　　三十年前，有一妇人贪小便宜，不论买辣椒还是茄子，都得扳掉把儿。农民有意见，她便振振有词：毛主席讲的，深挖洞、广积粮、不称把！

读书人　　我奶奶目不识丁，说话却多读书人口白。小时候，老人家恨我不用功，常教训说："少壮不努力，老大徒伤悲！"我不懂这话意思，听着很不服气，心想：我又不是老大，关我什么事！

农民意识　　北京似乎天亮得早些，窗帘渗进明晃晃的光。看看手表，才六点多。又睡，再醒回来，只有七点多。北京香格里拉饭店的早餐好吃，今早却懒得下楼了。吃方便面。烧水时，偶然发现吧台矿泉水不是通常的免费，需四十五元一瓶。我已烧掉四瓶，有些不好意思，浪费了接待方的钱。有些不忍。有人会笑我农民意识吧。

乡下狗　　几年前，长沙媒体曾有报道，一狗冲进集市，见人便咬。人心惶惶，以为疯狗。各方紧急出动，最后防疫站证实，原是一发情母狗，苦无佳偶，冲破樊篱，狂奔于市。心想：若是乡下的狗，可自由恋爱，不会受憋如此。于是，得一人生经验：做人要做自由的人，做狗要做乡下的狗。

露台　　往露台小坐，雨雾连天。三年前栽下的青藤已爬得满墙，忍冬花开始打苞。花墙上栽的月季一茬红，一茬白。也许是杂交的，不同基因交替作用，全乱套了。拍死蜗牛无数。蜗牛是儿子前几年顽皮养的，已然成灾。

时间　　曾经十几年没戴手表，代之以手机。有几年常在天上飞，登机之后就不知道时间。我会忍不住问空姐：什么时间了？我才知道，自己患有时间焦虑症。无奈，只好又开始戴手表。夜里无论什么时候醒来，手就伸向枕头下摸手表。我在努力克服这个毛病。时间扯不住，知道了又如何呢？

放屁　　说个奶奶讲的笑话。有位老奶奶好放屁，去亲戚家做客，带上小孙子遮丑。席间每放一屁，奶奶就笑骂道：小东西，尽放屁！小孩子吃饭快，急着离席，问道：奶奶，我想玩去了，您还放屁吗？

换鞋　　几岁时听妈妈讲过的一个笑话。一人去赶集，行至半路，见自己的鞋一只长，一只短。遂叫同伴稍等，他回家换鞋。不久，此人仍穿一只长一只短的鞋来了。人家问他：为什么不换鞋呢？此人答道：没办法，家里那双鞋也是一只长，一只短。

愚人节　　昨天有个小女孩发短信来，说：我一直不敢表白，今天不怕尴尬。我爱你，你就从了我吧！我知道是愚人节玩笑，回复：好吧，我从了。呵呵，此话过期作废，当期不兑！

露台

　　往露台小坐，雨雾连天。三年前栽下的青藤已爬得满墙，忍冬花开始打苞。花墙上栽的月季一茬红，一茬白。也许是杂交的，不同基因交替作用，全乱套了。拍死蜗牛无数。蜗牛是儿子前几年顽皮养的，已然成灾。

辞职   我家保姆因村里失火，房子被烧，无栖身之所，举家在外打工。我给她开的工资是历任保姆中最高的。她从不为自家贫穷而自卑。我打电话说不回来吃饭，她说：讨死嫌，又不回来吃饭。我大笑。我回来了，她说：不报餐，没做您的饭。我大笑。我连续几天不在家吃饭，她说：做饭没人吃，我辞职算了。我大笑。

小保姆   曾请过一小保姆，我说：肉炒三分之一吧。保姆说：好的。我突然想起这孩子脑子不活，问：知道三分之一是多少吗？她说：知道，就是不多不少。我便给她普及分数知识。举一反三，想她应该懂了。不久，小孩子生病。我说：取四分之一片药捣碎。她说：好的。我又问：知道四分之一是多少吗？她说：知道，一半！

作案工具   重温一个老段子。一女子手持捞鱼工具走过鱼池，管理人员逮住她，说她偷鱼。女子问：你看见我偷鱼了？管理人员说：你带了作案工具。女子说：我要告你强奸！管理人员大骇：你血口喷人！女子说：你也带着作案工具！

儿科　　　儿子发烧了，去儿科看医生。所幸不是甲流，但需打针。护士问：你喝酒吗？儿子说：我不喝酒。我听着哭笑不得，故意说：他平时就爱喝点小酒。护士忙说：这几天不要喝酒。儿子回答：好的。我笑着问护士：来您这里打针的小朋友都是酒鬼吗？护士木然不答。也许是太忙了吧？护士像机器人了，完全忘记了这是儿科。

识谱　　　此生最大憾事，便是不懂音乐。小时候，一同学突然说：我会识谱了。我惊问：老师都还没教，你怎么会了？同学说：我昨天晚上睡觉时想了想，突然就会了，很容易啊！于是，同学踏着《大海航行靠舵手》的旋律，摇头晃脑唱道：哆来咪发索拉西来哆……当年我笑话他，今天我却还是这同学的识谱水平。

女编辑　　　同城女编辑约吃饭，要送我杂志和稿费。我说：最近忙，寄来算了。她说：杂志我寄来，但是稿费呢？我说：稿费也可以寄啊。女孩惊问：邮局可以寄钱吗？老夫哑然。

师傅　　　快递公司送样书来，问我住在哪里。我说咸嘉新村，他听不懂。我说咸丰皇帝的咸，嘉庆皇帝的嘉。仍听不懂。我说吃菜咸了淡了的咸。仍听不懂。我说，加减法的减字去掉两点，通令嘉奖的嘉字。说了一大堆，师傅仍不明白。最后告诉他怎么走，眼睛朝右看，有个很高的门楼。还算好，终于找到了。

烂苹果　　　一主妇节俭，买苹果一箱，不舍食。日日翻箱检视，每见苹果有变坏迹象，速分与家人食之。烂一个，食一个。逾数月，果馨尽。主妇抱怨：花钱买一箱烂苹果，太不值了！遂发誓终身不买苹果！

社

会

在中国做个老百姓

从停车场出来，工作人员接过钱，手就假装在头上挠挠，想蒙混着不给票。我问：票呢？他才很不情愿地给了票。我对妹妹说：见不得这种贪人！妹妹却说：我从来不问他们要票，宁愿让他们这些下层百姓贪了，也不把钱交给上面当官的去贪。我听了一笑，觉得妹妹说的又是一理。

无耻　　　　我的常识里，大多无耻的人都要费尽心机假装出不无耻。假装不无耻还不够，还得费尽心机假装高尚。因为无耻毕竟被人类的正面情感排斥，引为非类。昭白自己无耻，无异自绝于正人君子者流，也不方便继续无耻下去。这些人无耻，但至少知道无耻是耻，所以要"伪"成君子。因为是君子才好混下去，才更容易升官发财。

文化古镇　　　　山西灵石县静升古镇原是 2003 年国务院首批公布的文化古镇，排名在第一位，乌镇、同里等都在其后。此地王家大院也居全国第一，其房间比北京故宫还多两倍，达两万七千多间！但因缺乏宣传，外人竟然不知道。毕竟，国务院文件老百姓看不到啊！

遍地羊群　　　　看过一篇小说，叫《遍地羊群》。写的是上面拨下扶贫款，扶助贫困山区养羊。可扶贫款被层层侵吞了，羊没养成。等到上级来检查，干部就让老百姓披上白色编织袋在山坡上匍匐而行。领导见着的场面，正像那首老歌唱的，"羊儿还在山坡上吃草"，于是十分满意。有人会指责这位作家太阴毒了、太损人了，居然把干部作风写得如此不堪。其实明眼人都清楚，比这更荒唐的事天天都在发生。

绿化荒山　　某地为了绿化荒山，一劳永逸，不惜耗费巨资，在水泥里和上绿色颜料，铺满整座整座的山头。你站在远处，像孙悟空那样手搭凉棚打一望，但见山山岗岗，尽披绿装。

不准拉屎　　某地为了迎接农村初级卫生达标检查，不准农民在自家新修的厕所里拉屎，得等到上级领导视察过后才能使用。可是领导们日理万机，左等右等就是不来。农民要上厕所了，只好扛把锄头去野外挖坑。

空空如也　　小时候，见野地里有种藤蔓植物，花季过后结纸灯笼似的果子，漂亮极了。我总是好奇，想看看灯笼里面有什么。我撕开一个一个纸灯笼，里面都空空如也。我想，再撕一万年，也是空的。再不撕了。

空心楼　　某地发展小城镇，规定临街面的房子必须建三层楼以上。有的群众没钱建那么高的楼，那不行。怎么办呢？政府到底是人民群众的贴心人，善解人意，允许群众先建一层或两层，但临街面的墙必须建到三层以上。于是这个地方就出现了亘古未见的"空心楼"。临街面看上去高楼林立，富丽堂皇，而高墙后面却空空如也。

马甲　　有人劝我：网上人说话，不必太较真。我也知道，网上言论自可随意随性，嬉笑怒骂都是常事。平日在生活中拘谨多了，上网还不放松？但我绝不以为：人披上马甲就可以丑态百出。

大学　　一个台湾人在我老家投资，其侄随行打理。据称，其侄学业不佳，沦落从商。一日席间，言及台湾教育，为叔者手指其侄，说：你给大家背背《大学》。侄儿应声而起，诵如行云："大学之道，在明明德……"听者愕然，感叹不已。

国营　　二十多年前，有天我去当时的国营商店买东西。回家后，发现营业员多找钱了。第二天，我找到那位营业员退钱。没想到，营业员瞪着眼睛破口大骂：你神经病啊，谁多找你钱了？我半天回不过神来，不相信自己的耳朵。

哑餐　　越来越害怕饭局，得听很多没有意思的话。子曰：食不语！这是多好的规矩！建议发起一种时尚，吃饭时大家都不说话，只微笑着点头致意即可，叫做：哑餐！

英明　　家乡传说，观世音下凡，见凡间喝酒的男人都苦着脸，便可怜天下喝酒的都是最苦的人，于是动了恻隐之心，默想道：喝酒必要有好菜！从此，喝酒便要吃肉。看来，观世音并不英明。一笑！

好朋友　　常听人说：某某是我的好朋友！被人称为好朋友的，通常非富即贵，总之是很有面子的人。我听着总暗自生疑。人生能有几个朋友呢？鲁迅先生曾言：人生得一知己足矣！因此，我很少敢妄称谁是我的朋友。在下鄙陋，不敢高攀！

空空如也

　　小时候，见野地里有种藤蔓植物，花季过后结纸灯笼似的果子，漂亮极了。我总是好奇，想看看灯笼里面有什么。我撕开一个一个纸灯笼，里面都空空如也。我想，再撕一万年，也是空的。再不撕了。

母鹅　　　　英国伯明翰专属经济区一个名为"立方体"的大厦即将竣工之际，一只母鹅闯入工地下了三个蛋，并旁若无人地孵起蛋来。工程承包商立即决定停止施工，以免打扰这位辛苦的母亲！可爱的英国人，多么尊重鹅权，多讲鹅道主义！

母鹿　　　　几年前还看到一条新闻，美国某市一片小林地平时由人随意穿越，一日却突然被警察封锁，原来有头母鹿在林子里产子。不信英国人讲究鹅道主义的中国人，也绝对不相信美国人会这么傻。

入党　　　　朋友欲送儿子去美国上大学，电告喜讯于老父。彼翁乃八旬老干，电话里沉默半分钟，操浓重乡音，猛爆一言曰：入党的问题何里解决？朋友哑然，无言以对！

带路　　　　从深圳回到长沙，进城时见立交桥下有人举着纸牌子，上书二字：带路。烈日炎炎，热浪滚滚。我想：他给人家带路，只因自己没有路。不觉黯然，一声叹息！

接听 有人打电话进来，因手机正在充电，接听很不安全。我发了短信：此刻不方便，有事请短信联系。但此人不依不饶，连续打电话，不下十几个。无奈，我只得再发短信：谁都有不方便的时候，请尊重人之常情。不见回复，亦不再有电话。看看，得罪了！那就得罪吧。

得罪 世上有这么一类人，你对他必须有求必应，不然你就对不住他。你为他做九十九件好事，都是你应该做的；只需有一件事你做不了，你就得罪他了。他会逢人就说你这人不够意思。

绿色通道 在上海看世博会，队太难排了，但残障人可走绿色通道。我跟同事开玩笑：明天你们一半人装残障人，一半人推轮椅，反正轮椅免费出租。没曾想，今天在飞机上看到报道，竟然真有人这么做。聪明的同胞啊，这叫人怎么说呢！

白发 《国画》出版整整十年。我当年不到四十岁，如今奔五十了。

带路

　　从深圳回到长沙，进城时见立交桥下有人举着纸牌子，上书二字：带路。烈日炎炎，热浪滚滚。我想：他给人家带路，只因自己没有路。不觉黯然，一声叹息！

只因未能免俗于染发之风，不然早已是白头翁。父母辈四十多岁时并没有这么多的白发。他们的岁月其实更加艰辛，可我们的境遇也许更叫人白头。白发成就了蓬勃的染发剂行业，而染发剂又在荼毒生命。真担心有一天，我们的后代生下来就满头飞雪。

吃药　　当吃药成为时髦，疗救的不但是人，世道也必是病了。《红楼梦》里，宝玉见了园子里的女孩子，必定要问道："妹妹读什么书，吃什么药？"大观园里的少爷小姐们相互赠药，也是风雅的事。荣宁两府吃药变成美谈，不光是人身子弱了，家族的气数也是渐渐到了尽头。

女主持人　　曾在电视台接受访谈，女主持人问：看您的小说很深沉，您是否常常陷入痛苦之中？我说：我是个很快乐的人。女主持瞪大眼睛，说：哦，我知道，您是双重人格。老夫无言以对。心想：老天真不厚道，为什么不让漂亮同聪明成正比呢？

下层百姓　　从停车场出来，工作人员接过钱，手就假装在头上挠挠，想蒙混着不给票。我问：票呢？他才很不情愿地给了票。我对妹妹说：见不得这种贪人！妹妹却说：我从来不问他们要票，宁愿让他们这些下层百姓贪了，也不把钱交给上面当官的去贪。我听了一笑，觉得妹妹说的又是一理。

断言　　有家餐馆，曾经生意红火，我喜欢去那里吃饭。有回拿起菜单，见上面有道菜的名字是：童子骨炖湖藕。我立马反胃想吐，心想这是孙二娘开的店吗？我知道菜名的原意，用长沙土话讲，应该是筒子骨炖湖藕。我放下菜单走人，从此再也没有去吃。我断言：这店开不下去。果然，不久这店就垮了。

炉王　　十五年前，买过一台液化气灶。此灶当时颇有名气，名叫"某某炉王"。搬回家之后，我发现灶上的拼音居然是"炉弯"，少了个后鼻音符。我暗自断言：这个品牌做不长久。果然没过几年，再也见不到这个品牌的液化气灶了。我没有魔咒，也没有看别人败相的坏心思。我只是想：没有文化的企业，做不长久的。

讨鬼嫌　　某天王级港星到内地演出，粉丝如潮。天王一边飞吻，一边高呼："我爱你们"！却一边私下用粤语对马仔说："讨鬼嫌，赶他们走，让他们滚蛋！"

做坏事　　航班延误，百无聊赖，就想抽烟。我在京几天都没有抽烟，因宾馆里没有火柴，又不想出去买打火机。看见候机厅旁边有吸烟室，犹豫片刻钻了进去。里面有四个男人，烟雾弥漫。我立即想退出来，感觉气场很不对劲。硬着头皮点了烟，吸了半截就出来了。内心很窘迫，真的觉得自己鬼鬼祟祟。

黄牛　　夜里去医院，见门诊大厅挂号窗下睡着十几个人，一色整齐的行铺。我以为他们是陪护的病人家属，便想中国老百姓真是不易。不料知情人告诉我：他们是排专家号的黄牛！这些人夜夜睡在这里，清早排了号再倒卖出去。

自作多情　　七年前搬来现在的住所，我见到邻居就打招呼。然而几年下

来，发现只有我自作多情，人家都很了不起似的。我现在只同打
扫卫生的几位大姐打招呼。

抵抗

十九岁开始白头，如今已是半白。知道染发不好，去年冬天
发誓要原形毕露。于是，人人见了都觉得奇怪：你怎么了？好像
我出大事了。抵抗了三个月，敌不过朋友们的关心，终于又染发
了。难得让人操心啊！

旅游团

所住酒店本来不错，接了旅游团，就乱套了。快凌晨一点了，
走廊里还吆喝不断。几度入眠，屡被惊醒。中国人嘛，一坐到驾
驶位上脾气就大，一加入旅游团素质就差！

森林

记者问我：假如长沙市中心有块空地，你按自己的愿望设想，
希望它变成什么样子？我说：希望它变成森林。不是城市园林，
而是自然状态的森林。我非常反对奢华、繁复的城市园林，珍稀
树木密密栽种，既不美观，也很花钱。

做坏事

　　航班延误，百无聊赖，就想抽烟。我在京几天都没有抽烟，因宾馆里没有火柴，又不想出去买打火机。看见候机厅旁边有吸烟室，犹豫片刻钻了进去。里面有四个男人，烟雾弥漫。我立即想退出来，感觉气场很不对劲。硬着头皮点了烟，吸了半截就出来了。内心很窘迫，真的觉得自己鬼鬼祟祟。

贴车膜　　　男人的车喜欢贴车膜，怕有时候不方便；有些女人的车不贴车膜，但需具备两个条件：开名车、长得漂亮。

按喇叭　　　喜欢在大街上按喇叭的是这几类车：军警车、O牌车、名车和的士车。

低速　　　大家都因在高速路上超速被罚过款，我身边那位却因低速而被罚。移动抄牌车录下他时速 53 公里，低于 60 公里最低限速。这位老兄说：当时只因前面大货车太慢，我想超车又遇超车道上车流太大，不得已跟着走了一段。未必要我加速往货车上撞？撞死了你们追认我做烈士吗？

酒后驾车　　　严禁酒后驾车，我有理由推掉许多不想喝的酒。这应该当作国策，我坚决拥护！某省公安厅长随警察上路值勤，扣住一位酒后驾车的爷们。此人说：我打个电话行吗？厅长笑道：我是公安厅长，你这电话想打到哪里去？

湘江水　　　　几年前买音箱，随送一个试机碟，有首陕北民歌很好听。可惜只有几句：黄河的水干了，妈妈哭了；黄河的水干了，我的心碎了。早知道黄河的水干了，还修他妈的铁桥是做啥子呢？早知道干妹妹的心变了，还谈他妈的恋爱是做啥子呢？一直想找这首全歌，找不到。没曾想，今年湘江的水也干了。唉，还谈他妈恋爱做啥子呢？

肘子　　　　从山东回来，办登机牌时我要的是 C 座，靠走道。我喜欢靠窗，要不就靠走道。中间 B 座的那位，坐下之后就岔开双腿，双手摊在扶手上。我不习惯同陌生人肢体接触，人就整个儿往走道上靠着。这位老兄却全然不顾，手肘不时抵着我的腰。我便不断调整姿势，躲避这位仁兄的肘子。老天爷，两个小时啊！心里一直不舒服，却不愿意表示抗议。他最后似乎睡着了，人快趴在我身上了。前面是有空位的，但乘务员早就提醒：为防止甲型流感传染，请您对号入座，以便发生情况时能够及时处理。不然，我早就逃之夭夭了。

发表　　　　昨日感冒初现，浑身无力，晚餐只吃了几口。都是天热吹空

森林

　　记者问我：假如长沙市中心有块空地，你按自己的愿望设想，希望它变成什么样子？我说：希望它变成森林。不是城市园林，而是自然状态的森林。我非常反对奢华、繁复的城市园林，珍稀树木密密栽种，既不美观，也很花钱。

调吹的。不想周一趴下，晚上九点钟，饿，下碗牛肉面，连汤喝下，满头大汗。又切生姜、蒜头、葱白若干，佐以胡椒粉，放盐和白糖适量，开水冲汤，喝下。又一身大汗。洗热水澡，又一身大汗。浴毕，待汗息着衣，睡下。一早醒来，痊愈矣！中医说法：发表。

伟大的　　　多年前，比尔·盖茨去印度做慈善。当他走过平民区的时候，有人问：这人是谁呀？一位官员悄悄地说：前面那个穿咔叽布裤的家伙是世界上最有钱的人！这个故事告诉我们：一、伟大的比尔·盖茨并不人尽皆知；二、伟大的比尔·盖茨并不趾高气扬！

示爱　　　某大学男生爱慕女生 YOUYOU，谋划了一个很有创意的示爱方式。他打算在 YOUYOU 生日那天晚上，利用男生宿舍楼窗户灯光的变化，一吐心曲：YOUYOU, I LOVE YOU。他挨个宿舍去说服，制定了周详的方案。是日，宿舍楼下聚集了很多学生，都想目睹这罗曼蒂克之一幕。怎生料得，学校管理人员闻知，如临大敌，火速制止。劝说无效，便强行拉了学生宿舍电闸。

树洞　　我把写微博比成对着树洞说话，有人质问：你干吗把网友当树洞？我回复说：姑娘这话就有些钻牛角了。我把网络比作树洞行吗？我们都在这树洞里窝着行吗？我自己也在这树洞里，且我是跪着趴着，你们都站着行吗？呵呵，看开些，百事安！

政治宝贝　　在下所居小区，有很漂亮的绿地和休闲广场。每日晨昏，遛狗的、打太极的、扭秧歌的，好生自在。可每隔几日，就会听得锣鼓喧天，广播震耳。掀开窗帘看看，准又是哪里的视察团、参观团来了。据说这里是全国文明示范小区，专有些红衣红裤的婆婆们，一遇此类活动，就敲锣打鼓，扭将起来。想着有什么足球宝贝、啤酒宝贝，此类吹吹打打的就应叫政治宝贝或活动宝贝了。

增值　　段子说：一个美国人揣 10 万美元到中国度假，兑成人民币 68 万元。吃喝玩乐一年，用掉 18 万元。该回去了，人民币增值了，1 美元兑人民币 5 元。于是，这个美国人把剩下的 50 万人民币兑成 10 万美元，高高兴兴回国了！

中国旅游　　　段子还说：一个美国人揣 10 万美元到中国度假，兑成人民币 68 万元。吃喝玩乐一年，用掉 18 万元；又花 50 万元买了套房子。该回去了，人民币增值了，1 美元兑人民币 5 元。房子不能带走，卖掉。房价涨疯了，成了 100 万元。于是，这个美国人把 100 万人民币兑成 20 万美元，高高兴兴回国了！次年，全美国人到中国旅游。

拒绝入关　　　有人看了上面的段子，问：反过来呢？现编一个段子吧：一个中国人，带上 68 万元人民币，换成 10 万美元去美国旅行。一年后，我们这位同胞穿着短裤衩回来了。海关人员一看，人整个儿变了形，怀疑其持假护照，拒绝入关。

内线　　　房产大佬得一高级手机，上可通天堂，下可通地狱，只是话费昂贵。大佬不差钱，打往天堂寻同行故友，打了一百个电话，都说：查无此人！打往地狱，果然都在。故友们都说：天堂戒律多，地狱无禁忌。我们在地狱为所欲为，跟上面没两样！哥们您放心赚钱吧！查询话费，接线员温柔告知：您拨打的是内线电话，免费！

裸奔　　　上世纪八十年代，两个哥们打赌，谁光身跑五十米来回赌二十块钱。一哥们把上衣往头上一掀，脱掉裤子旋风般跑了五十米来回。输钱的哥们说：你把脸遮住了。赢钱的哥们说：你没说不可以遮脸。我居间调解，裸奔的哥们赢了二十块钱。现在，裸奔早不是稀罕事了。不同的是，那时裸奔还要脸，现在裸奔不要脸了。

瑞士监狱　　多年前见过报道，瑞士监狱生活条件极好，住的都是单间，每层狱舍配有卫生间，做轻松劳动，且发工资。也就是说，在瑞士坐牢比在中国打工强。结果很多国家有人犯罪，但凡能同瑞士沾得上边，想方设法引渡到瑞士去。瑞士不得不修改法律以限制。

亡天下　　　清初顾炎武有亡国和亡天下之说，而更可怕的是亡天下，即道德崩坏，人心丧乱。两百多年后的梁启超痛批国民性时，提到国民病害若干，其中便有不知国家与天下之别，不知国家与政府之别等。

裸奔

上世纪八十年代，两个哥们打赌，谁光身跑五十米来回赌二十块钱。一哥们把上衣往头上一掀，脱掉裤子旋风般跑了五十米来回。输钱的哥们说：你把脸遮住了。赢钱的哥们说：你没说不可以遮脸。我居间调解，裸奔的哥们赢了二十块钱。现在，裸奔早不是稀罕事了。不同的是，那时裸奔还要脸，现在裸奔不要脸了。

治安

关于治安的几条建议：一、所有刀具均列为管制刀具，不准私藏；二、国家建立集中切菜场，禁止家庭私自切菜；三、对硬质管棒、可投掷硬物坚壁清野；四、一切建筑均需安装坠楼防护网；五、所有建筑物墙面、地板必须装饰软性防碰撞材料；六、河流、湖泊及近海水域一律加盖。

警察

章太炎被袁世凯软禁北京，逢门生黄侃赴京就教职，借寓章宅。一日深夜，黄侃被警察强行赶出。原来，黄侃抱怨厨子菜做得粗恶难食，换了川厨。哪知，那位不会做菜的厨子原是警察改扮的，是为监视章氏。那警察记恨黄侃，亦与职守无关，而是因充作厨子是个美差。看来，那时候警察的社会地位比较恰当！军与警越强势，社会越有病！

误会

2010 年 6 月 23 日，湖北省一厅级官员妻子被 6 名警察殴打 16 分钟，武昌公安分局道歉称"误会"。7 月 20 日晚，武昌公安分局公布对 3 名执勤民警的处分决定。被殴者陈玉莲说，当天在证明自己身份后仍被送交信访局关押近 2 个小时，由警察看管，期间不准哭、不准打 120 求救。警方道歉中说打错了！不知过去打对了的有多少！

打错　　　武汉市公安局党委 29 日研究决定，武昌区公安分局对少数民警违纪、打人问题的处置失当，造成不良后果，区公安分局政委陈建祥负有直接领导责任，免去其分局政委职务；区公安分局局长朱正兴负有一定领导责任，责成其做出书面检讨，并在全局通报批评。——天天打对，一朝打错！

责任　　　财富给人带来权力，这是自然规律；财富必须承担责任，这是社会要求。因不仁而富有，是为犯罪；因富有而不仁，是为可耻！

暴发户　　　我发过些抨击某些暴发户心理的有钱人的言论，便有些同类说我嫉妒云云。我不是有钱人，但也不是穷人，犯不着嫉妒别人，更没有仇富情绪。一个国家，当然是钱越多越好。但是，如何对待财富，中国富人真的需要反思。财富意味着责任。在此，我郑重申明：很多富人不是坏人。

发烧　　　一位五星级酒店餐厅经理告诉我，有个老板长期订下一个包厢，自己一个人吃饭，点很多的菜。我听了大惑不解，说：见过钱多的，没见过钱多得这么发烧的；见过傻的，没见过这么傻的！这位美女经理笑道：这就是常言说的，人傻钱多！

撑面子　　　曾见新闻报道：一个有钱人花三十万元，给自己的狗狗买了一条项链戴着。我想这项链再贵与狗何干？无非是主人要撑面子！那项链名义上是戴在狗脖子上，实际上等于戴在主人脖子上！

不好带　　　又有人自焚了，又是因为拆迁。这些群众觉悟真是不高。多向领导汇报嘛，多向开发商请求嘛，问题总会得到解决的！想起《天下无贼》里黎叔说的话：人心散了，队伍不好带啊！

圆的　　　我曾问一位煤老板：煤挖完了怎么办？煤老板把手比划成球状，哈哈一笑，说：煤挖完了，地球就变小了，还是个圆的嘛！

试验田　　有人感佩某些政治人物的少年理想，说那理想真诚可贵，尽管造成了国家灾难。若此类政治人物晚年忏悔，则有人又感动得不行。谁提出异议，则恶语攻讦。我的观点是：哪怕少年理想真诚，晚年幡然悔悟，这也是人性弱点。理性之社会就要克服这种人性弱点。谁也没有权力把国家作为个人理想的试验田，太危险了。

不习惯　　托尔斯泰在自己庄园解放奴隶，奴隶们不同意。没有了主子，他们很不习惯！由此可知，奴隶做惯了，不做还不行。

流氓　　有人评论说：什么叫专制？专制是国家的必然产物，只要这个星球上还存在国家，就一定存在专制，在哪里都一样，只有那些幻想着无政府无国家的人才做梦去想所谓的无专制。我回复说：您这回算说对了！同样的逻辑是：只要世界上还存在人类，就有流氓！

博学　　有些博学的了解西方历史的大学问人，只要有人批评国内某些问题，他们就会英明地指出：这个问题美国 50 年代就出现过！

这个错误日本 60 年代早犯过了！似乎美国政府和日本政府干过的错事，中国政府不再干一次，就对不起中国人民似的！

便宜
　　如果是普通人，不过是年轻时荒唐些，干过些风流勾当，都是些个人恩怨，也就罢了；如果是掌管国家命门的大人物，年少扛着所谓理想旗号，行一己之私，误国误民，而到老来忏悔，亦万不可抵其罪过。少时做尽坏事，老来又想幡然悔悟而成佛，世上哪有这么便宜的事！

小资
　　小资是个莫名其妙的概念。你得有资啊！虽然没法同比尔·盖茨那样的"大资"去比，起码也要有相当的结余资产，不至于买了房子都成奴隶。别以为穿了套职业西装，偶尔去去西餐厅，看看时尚杂志，说话夹杂几个英语单词，就说自己是小资了！

高度评价　　笑谈：近日在赵州桥畔举行的全国桥梁安全年会上，与会专家一致认为，古代桥梁坚固的重要原因是，由于当时生产力水平低下，物质极度匮乏，豆腐渣只能用作食物，而没有用作建筑材料。据悉，国际学术界对此研究成果表示高度评价。

研究者

有研究者指出，未来中国富豪流行开坦克和装甲车，防弹车将无缘中国奢侈品市场，因为它太不安全了。又有研究者提出，未来中国富豪流行住进带护城河的城堡，而他们孩子的学校将建成碉堡的样子。

觉悟

美国亿万富豪查克·费尼简直是位圣徒，他说不把钱捐光，死不瞑目。巴菲特好像说过，一个人死的时候还留有大批遗产，那是件很耻辱的事。这些同志难道秘密进入共产主义社会了吗，不然觉悟咋这么高呢？

角度

我们穷人其实也要换个角度看问题，富人的财富越多，国家统计人均 GDP 和国民收入就越高，全国人民的人均财富就越高，我们大家脸上都有光啊！所以说，要珍惜目前的幸福生活，这是必须的！

压力

2003 年新闻，三峡大坝可以抵挡万年一遇洪水。2007 年新闻，三峡大坝今年起可防千年一遇洪水。2008 年新闻，三峡大坝可抵御百年一遇特大洪水。2010 年新闻，不要过多把防洪寄托在三峡身上，今年三峡大坝承受压力很大。

屏蔽

我打算同儿子谈一次话，叫他从现在起就树立远大志向，今后上大学报考哑语专业！因为目前尚未发明哑语屏蔽系统，估计未来一百年内也攻克不了这项技术。

省油

等待起飞时，飞机上闷热。旅客提意见，服务人员先说飞机才发动，空调效果不好；后来说已放冷气了，但仍然热。旅客抱怨再三，服务人员总有技术方面的理由告诉大家。我当然不懂航空技术，只是联想到不肯开空调的出租车司机，无非是想省油。

狐狸　　　北京一富二代创业，开一奢侈品店，凡开五百万以下车者不准进场。开张那天，前来捧场的朋友，每人办一张两百万的购物卡。里面的衣服贵得听了都让人头晕，随便一条牛仔裤一万多块钱一件。当然，我这寒酸文人听了，只当他们是四个字：钱多人傻。又当然，人家会说我阿Q。又当然，人家会说我是某只吃不到葡萄的狐狸。

讲政治　　　很同意一位朋友的评论，民主国家的领导同志们太不自由了！吃喝嫖赌哪样自由？莫说法律什么的，他们国家的媒体是很不讲政治的！我有个建议：谁不好好干，推荐他去美国当总统，管死他！

慈祥　　　布拉特再干一届，已近八十老翁。一位鹤发老翁领导着青春勃发的足球事业，场面非常动人！此情此景，布拉特的形象非常慈祥，就像退休老人接送孙子往返幼儿园！

人上人

懂不懂球，看不看球，都要分出高下贵贱，恰恰说明有些人缺乏自由精神和民主意识。球且如此，遑论其他？如果必须分高下，人上更有人上人！所以，持此等观念者，终究是奴才。

伪球迷

有人说我是伪球迷，拜托别这么侮辱我！我从来不说自己是球迷，更不说自己是伪球迷！再次申明，我不会迷任何东西，何况是个球！你有你迷的自由，我有我不迷的自由。你有你看球的自由，我有我说球的自由。你有你以为懂球和说内行话的自由，我有我看热闹和说外行话的自由。

规律

很多人看世界杯是为了赶时髦，不过这也不值得指责。赶这时髦的人越多，说明国家越富裕。中国球迷和伪球迷越多，老百姓的日子越好。至少，这在中国是个规律。

节约

英国新首相卡梅伦厉行节约，鼓励新内阁成员尽可能搭火车或地铁上班，首相府内的银器和名贵家具也收起来，换上简约的家具和器皿。愚以为想法当然是好的，但如果还需另外购置简约家具和器皿，则是笑话。民国时某将军想过简朴生活，非用土陶碗不可。结果，手下采办早已过时的土陶餐具，所费比瓷器更贵。

疯话

有人看我小说和杂文，常质问：忧国忧民的样子，你算老几？这语气很像鲁迅先生《药》里面的愚民红眼阿义之流：阿呀，那还了得！疯话，简直是发了疯了！

资格

写了几篇评论中国足球的文章，有人认为我没资格谈此话题，质问：你算老几？我倒觉得，必须算个老几，才有批评资格，这是典型的奴才心理。若按这个逻辑，外行不能批评内行，下级不能批评上级，百姓不能批评官员。因相比之下，这批评者都不算老几。我想，你自己喜欢做奴才便也罢了，不要拖上别人陪着！

后遗症

黄永玉先生《后遗症》：悟空随唐僧西天取经后回原单位继续上班。一日，头痛如裂，翻滚于地，叫号震达天廷。众仙问曰：

"是否紧箍咒发作?"悟空哭道:"反之,反之!久不听紧箍咒,瘾上来也!"

对骂　　　萨科齐在街头接见民众,有个人不愿意同他握手,还说:"你别脏了我的手!"楼上有人大骂萨科齐,老萨也在下面对骂,气得直跺脚!看到这种场面,我觉得过瘾。并不觉得老萨没修养,并不觉得法国人不理性,更不觉得法国天下大乱。若不是演戏,社会就当如此。

全球招募　　　花钱雇洋人能搞好中国足球,在下倒有个锦囊妙计:克隆韦迪牌顾问思路,全球招募中国足球队!从世界上顶级教练到顶级运动员通通买下来,过气的撑门面,正劲的上赛场。爱国主义者和民族主义者若有异议,可请洋人换国籍,名字也可改成张三李四,换肤整容也无技术难度。反正中国有钱了,还有什么事办不成?

王八蛋　　　我诅咒一切人模狗样的王八蛋!不管他官居何位,不管他富达三江，不管他学富五车，不管他演过多少煽情的电视新闻！

无罪　　　深夜两点二十，噩梦中惊醒。梦见一批身着制服的国家机器凌辱百姓，我睡在一个破木楼上，擂壁大骂。因过于激愤，骂出来就失声。试了几次，只得两字一顿：今天，老子，要，骂娘！我想，做梦应该无罪吧！

蓝图　　　十年前，我搬进现在居住的小区。那时候，四望皆青山、田垅和炊烟。闲时散步，出门没多远，就到了乡下。田里长满美人蕉，未见稼圃。农民已废弃田土，忙别的营生去了。他们在世代祖居的土地上，成了行将离去的暂住者。这片美人蕉丛生的土地，微缩在城市的某个文件柜里，早已是线条麻密的蓝图。

红尘　　　十年间，我家屋子里的灰尘永远扫不完，半夜里轰隆隆的机械声常把我惊起。蓝图上的麻密线条，渐渐变成横七竖八的钢筋水泥。尘埃终于落定，群楼拔地而起。炊烟不再，青山消遁，田垅已是滚滚车流下的不醒沉梦。偶有翠鸟飞到阳台上，仿佛精灵来自天外。那些荷锄夕烟下的农民已栖栖然滚入城市的万丈红尘。

总统

十多年前，看到一条新闻。西亚某国总统去世，总统儿子承继大位。但该国宪法规定，公民必须年满四十岁才有资格担任总统，而先总统之子只有三十五岁。于是，临时修改宪法，总统任职年龄降到三十五岁。元首被叫做总统的国家，似乎是民主政体。但看这西亚某国，皇帝也可改称总统。

摆平

姜辣博客上说，他在大连房产峰会上发了小任遭扔鞋的微博，马上有工作人员说：摆平新浪和腾讯！有些人的德行，就是认为什么都可摆平的。我若发了这样的微博，定会告诉他们：发在珠穆朗玛峰上，看他们能否摆平世界屋脊！

告诫

白发似乎可以看作这个时代的隐喻。我们的生存状态是否陷入了某种困境？我们这些用染发剂掩饰着憔悴的成年人，仍然会用最美好的教条谆谆告诫孩子们，自己却在险恶的境遇里无所顾忌地拼打。忍受着别人伤害的人，不假思索地伤害别人。职场上与同事勾心斗角的人，回家会批评孩子不跟同学搞好团结。

亡国奴

国人遇事，凡关涉夷邦，多会大声疾呼：不能做亡国奴！然而，几千年虽未亡国，却一直做着奴隶，且做得十分自在。有人还振振有词：宁做太平犬，不做亡国奴！

奴隶时代

鲁迅先生说，中国历史只有两个时代，一是做稳了奴隶的时代，一是想做奴隶而不得的时代。我看还有个时代，就是做着奴隶而不知道的时代，或可谓之自觉幸福的奴隶时代。

读教材

目前中国教育极不利于培养国民阅读习惯。中国是个考试大国，人们自小都是为了应付考试而读书。大多数人的所谓读书，就是读教材。教材算不上真正的书。旧时科举考试走进死巷子时，读书人只读《大题文库》、《经义五美》之类的考试书。如此，文化走向了自绝之路。

引用

　　晚饭，一群博士。听他们说做学问的苦恼，论文必须有多少引用，多少注解，参考书目必须多少。我说，那好啊，你们干脆全部引用别人的话，最后只说一句：以上观点我全部同意。

写文章

　　唐弢先生从来不把做学问叫科研，就连做学问都不讲，只叫写文章。人文学科说科研，想想也别扭。谓之写文章，至简至朴，通乎大道。

叫好

　　尊严和体面本是现代人最起码的需求，而我们最低的诉求通常都是难以实现的。但无论如何，尊严和体面不同于过去形形色色的空洞政治口号，终于回复到了对人性和人权的关怀。仅此，值得叫好。

火车站　　秩序混乱的火车站售票口，守规矩的干不过插队的，插队的干不过票贩子，票贩子如果同车站公安、售票窗口相互勾结，老实人就只能买高价票了。而窗口外的人谁也干不过计划室配票的人。有时候，你不觉得现实就像一个秩序很糟的火车站吗？

思路　　你嫌自己不富裕吗？叫老婆去改嫁，叫儿子去流浪，家里的财产就是你一个人的了，说不定你就是百万富翁了。当年国有企业改革的所谓减员增效，就是这种思路。那些减掉的人，很多仍在社会上流浪。

起哄　　你要求平等，人家说你是农民意识；你若有意见，人家说你是愤青；你为权益抗争，人家说你是刁民。凡此种种，大凡正当的诉求，都被别有用心的人赋予了贬义。更可悲的是很多人还跟着起哄！

麻醉教育　　饭局，席间以中年男人为多。谈及社会病相种种，多有激愤。一位80后小老板却平和地说：不必抱怨。我听了并不惊讶他的少年老成，而是感叹年轻人已变得非常实际了。他们在生意场上天天同各种嘴脸打交道，视一切不正常的事情为正常。年轻人都没了愤怒，社会就真没救了。大学的麻醉教育真的很成功！

后台

自小在乡下看皮影戏，我便是个不太安分的看客。前台的戏正演得热闹好玩，我便喜欢跑到后台看个究竟。后台总叫我失望，道具破旧简陋，表演者也不中看。

级别

2003 年 2 月 25 日，浙江温州三里村两委召开扩大会议，将会议移到杭州召开，一行 19 人住进杭州西湖国宾馆。为期 5 天的会议中，三里村集体共支出 43555.9 元。细细算来，人均每天 458 元，房费去掉一半，人均每天伙食并不高。但因为他们是村干部，此新闻曾轰动全国。原来，腐败也是有级别的！

幸福指数

新时代真好！想古人多苦，哪怕那些自命盛世的皇帝，都常把民间疾苦挂在嘴上。我们如今却在评城市幸福指数。我们真幸福啊！刚刚知道的最新幸福指数：去年全国城市房价只上涨1.5%！我们欢呼，我们歌唱，我们的生活像太阳！

赚黑钱

有人异想天开，说我若有项发明，可造福全国人民，不用给我太多回报，只需全国同胞每人每年给我一块钱，不多吧？我给他支招：你发明一句咒语，只要房产商想赚黑钱，就肚子痛得在地上打滚，保证人人愿意出这一块钱。

行贿

有房产大佬此地无银三百两，说：我从不给官员行贿！中国做生意而不需行贿的，恐怕只有被城管赶得满街跑的小贩。所以，只有流动小贩怕事，房产商是谁也不怕的。

非法

曾经在网上聊天，我说到皇帝的新装，结果被提示"非法"用词，发送不出。我百思不解，尝试多次无果。最后去掉"皇帝"二字，方才发送成功。从此，不再上网聊天。近日，回复朋友纸条，说最近因新书出版，老在外头做活动。又被提示"非法"。结果是"活动"二字碍事。哪天，我们见面是否只能打手势？

人云亦云　早就有人指责过我：别发表你自以为是的意见！真是咄咄怪事！也许有人太习惯睁眼说瞎话，才喜欢说自以为"非"的意见！他们说话要么不过脑子，要么人云亦云，要么自己都不相信，惯于胡说八道。抱歉，我不说自以为"非"的话！

流眼泪　一家著名幼儿园毕业典礼录像了，提前排练，问："同学们朝夕相处三四年，今天就要分手。你们难过不难过呀？对对，流眼泪，这样，就这样！""好的，我们再来一次，看看谁的眼泪流得又快又多，好不好呀？看看哪位小朋友没有流眼泪。没有流眼泪可不是好孩子啊！"原来，幼儿园需要这样的录像带做广告。

工棚　晚上吃饭，遇一国营大公司的人，说他们公司在南亚某国做工程，只因自建的工棚比当地民房漂亮，该国政府派部队强行将其炸掉！其实只是很普通的砖房子，刷了白涂料而已。专制政府

总担心人民崇洋，而不爱自己的国家，或抱怨自己的政府。专制政府要人民相信自己幸福，或假装幸福。

务实　　　普京的坦诚令人敬佩。他说及自己的克格勃经历时毫不掩饰：当然要做很多见不得人的工作，这是事实，很遗憾。诚实比虚伪到底可爱。他的中庸和务实也很能让人接受。比方谈到苏联，他说：谁不为苏联的解体而惋惜，谁就是没有良心；谁想恢复过去的苏联，谁就是没有头脑。这是俄罗斯家喻户晓的话，被总统引用了就意味深长了。

公平　　　如果文雅些，应该把屁股说成臀部。可是，我敢打赌，大多数人想到这个部位的时候，脑子里浮现出的词肯定是屁股，而不是臀部。同样是碳水化合物，肉长在不同的地方，竟分出高下贵贱来。可见人的虚伪或市侩无处不在，乃至不能公平地对待自己身上的每一块肉。既然如此，要让人公平地对待别人，当然不太容易了。

面子　　我突然明白屁股缘何甘愿为屁股了。原来天下诸多好事，终究是要屁股来受用的。屁股最原始的功能，就是坐。而坐，很多时候不但是享受，而且是待遇、身份、地位。与尊者相对，尊者坐，贱者立。尊者让你坐下，你就欣欣然，陶陶然。你去做客，主人首先就是请你坐下。如果主人只让你站着，几句话就打发走人，你会很没有面子。那等堂而皇之的场面，坐就更有讲究了。坐主席台上还是坐主席台下，坐前排还是坐后排，坐左边还是坐右边，坐中间还是坐角落，位置不同，天壤之别。

奋斗　　很多人就为着屁股能往哪块地儿上放，费尽心机，使尽伎俩，甚至连小命都搭上。他们终其一生的奋斗，都是为着屁股。看人贵贱，明里看脸面，实是看屁股。屁股有无专役之物，人则分出尊卑贵贱。尊者贵者，坐位便是宝座，别人不敢觊觎；车马便是座车座骑，专供一人独享，别人不得眼红。屁股之尊，直逼九五。千古英雄纷争，狼烟不断，干戈铿锵，血流成河，白骨如山，无非是有的人想把自己的屁股往龙椅上贴！

发言　　　　人欲作无为之状，竟然也靠屁股发言。比方坐山观虎斗：不充英雄，袖手旁观，总没错吧？但是，一屁股坐在那里看别人杀得昏天黑地的，绝非良善之辈。他们看上去深藏不露，韬光养晦，其实是静候良机，蓄势待发。而其所谓的发，照样是靠屁股说话：坐收渔利，坐享其成，坐地分赃，直至坐稳江山。

混账　　　　媒体有人惊呼：警惕房价榨取社会。其实，更应该说要提防有些富人要挟社会。我们不能指望富人道德自律，而应建立对富人和财富的约束机制。从终极意义上讲，没有纯粹的个人财富，社会价值是财富不能回避的属性。财富有权力，更有责任和义务。纵容富人滥用财富的权力，而放弃财富的责任和义务，必然招致祸害。不能听任靠"混账"而富的富人，再拿这些财富去干混账事。

武功　　　　《圣经》里有个故事经常被人引用：有妇人犯通奸罪，依照摩西的法律当乱石砸死。法利赛人把这桩公案交给耶稣裁决。耶稣说，你们中间谁是没有罪的，谁就可以先拿石头砸她。人们听了这话，从老到少一个一个都离去了。结果，没有一个人敢把手中的石头砸向这位妇人。但是，假如那人群之中掺杂着一个中国人呢？这妇人肯定就遭殃了，准有一块石头击中她的命门，叫她一命呜呼。中国武功本来就厉害，飞叶伤人，何况石头！那位中国人为了证明自己是无罪的，下手必是既稳又准且狠。

罪孽

要证明自己没罪，最直接的办法是诬陷别人有罪，攻讦便成平常之事。人既分有罪无罪两种，仇恨就是天然的了，争斗亦是无可厚非。如此如此，天下便愈发罪孽深重。最终有一个人会让天下人知道他是最清白、最高尚的，此人就是皇帝。所以自古皇帝加尊号，可以用上十几个最好的词藻，不嫌累赘和拗口。此等教化之下，普通百姓无自我检讨之心，九五之尊以自我神化为乐。

天性

譬如放屁一事，落作白纸黑字虽是不雅，却可见中国人的天性。中国小孩子在一起玩，忽闻屁臭，都会掩鼻而环顾左右。他们掩鼻与其说是怕臭，毋庸说是显示这屁不是自己放的。而放屁者往往最先作掩鼻皱眉状。可见，中国人从小便知道证明自己是清白的，哪怕他就是放屁的人。这些从小放屁不认账的人，长大就成了有罪无悔意的人。

国粹　　　有罪者非但不自觉有罪，而且在谆谆劝诫别人不要犯罪，在义正辞严斥责别人犯罪，在铁面无私惩治别人犯罪。只不过谆谆劝诫是言不由衷，义正辞严是装腔作势，铁面无私者恰恰私欲弥天。所谓贼喊捉贼，西方有无很贴切的对译词？抑或是我邦独有之国粹？

标准　　　坏人们可以好好地做一家人，这笔账只怕要算在孔子头上。《论语》有载：叶公对孔子说，我们那地方有个人很正直，他父亲偷人家的羊，这个人向官府证明他父亲的确偷了。孔子听了却不以为然，说：我们那地方所谓正直同你说的标准不同，父亲替儿子隐瞒罪过，儿子替父亲隐瞒罪过，这样做才是正直。也许孔圣人的哲学太深奥了？枉直可以颠倒？世人自然听孔子的，而不会听叶公的。中国人未必人人都读过《论语》，却都自觉遵循着孔子圣训："父为子隐，子为父隐，直在其中矣。"

快乐　　　我曾经把一个真实事情写进了小说。有个疯子，每天坐在街头，望着对面高楼大厦微笑。那高楼大厦，正是我谋生的所在。不管刮风下雨，他都坐在老地方，幸福地微笑。那些时日，我很彷徨，不明白自己去向何方。我就老琢磨那疯子，羡慕他的自在。面前车水马龙，人声鼎沸，他浑然不觉。他眼里只有对街的高楼，那里面也许黄金如山，美女如云，都属于他独自所有。可我马上发现自己也许亵渎了疯子的纯粹。疯子脑子里只有快乐，地地道道的快乐。

定势
　　我们这个社会几乎形成一种恶俗而市侩的思维定势：但凡说到农民，就贬之以农民意识，具体来说就是平均主义。无非是因农民贫穷，而穷人往往是说不起话的。他们同时又是王小波所说的沉默的大多数。农民如果动动脑筋，肯定愤愤不平：指责他们平均主义的人，正是拿平均概念向他们描绘海市蜃楼的人。如此对待农民，几乎有些阴险了。

干杯
　　有个最虚伪的礼仪，全球通行的国际惯例：为某某干杯！酒都进了干杯者肚子，同某某有什么关系呢？假如某某在场，毕竟也喝了口酒，多少有些醉意，见这么多人为自己干杯，好不得意！最冤的是，很多时候某某并不在场或者已经作古，人们却举酒为他干杯。举杯的人酒足饭饱，同某某是没有半点关系的。

被代表　　　　谁说社会财富没有增加，肯定是造谣；谁说被平均的大多数非常幸福，肯定是撒谎。大多数人并没有因为社会财富"被平均"了，他们就拥有了。那么被平均掉了财富的人哪里去了呢？被代表了。一九四九年以后，除去阶级敌人不算，中国人只有两类：人民和代表人民的人。如今据说阶级敌人在总体上已被消灭了，中国人就只有纯粹的两类了：大多数人和代表大多数的人。

花痴　　　　男人坏了，总赖女人。贾宝玉明明自己是个花痴，从小落下个爱吃胭脂的毛病，尤其爱吃妹妹们嘴上的。可他老娘偏要怪他身边的女孩子：好好儿一个宝玉，就叫你们给调唆坏了！金钏儿白白地死了，就因宝玉舔了她嘴上的胭脂。女人被男人调戏了，便是有罪，自然该死。苍蝇不叮无缝的蛋，真是天经地义。道理很简单：金钏儿嘴上要是没涂着胭脂，宝玉怎么会去舔呢？该死的当然是金钏儿。

治心　　　　治人之道，首在治心。心已乖顺，口便无言。口既无言，天下大治。这是自古皇帝们都心领神会的浅显道理，哪里用得着担心百姓人数多寡？其实，这个道理，街头流氓都明白。常有二三流氓当街作恶，而过往群众袖手旁观。流氓为何不怕群众人多势众？他们知道好人怕流氓。原来好人怕流氓，也是多年流氓作恶作出来的结果。流氓们知道好人多有怯弱之心，再多的好人他们都不怕了。皇帝眼里百姓是乖顺的，流氓眼里百姓是怯弱的，都好对付！

沉默

有段时间，一位少年时代的女同学频繁给我打电话，诉说她不惑之年的困惑。近二十年的婚姻生活，她相夫教子，无怨无悔，充实快乐，几乎从来没有想到过自己。今年，儿子上了大学，丈夫的公司越做越大，忙得回不了家。她突然觉得心里空落起来。她还没来得及整理内心没来由的空虚，突然发现丈夫还有了外遇。她屡屡苦劝，丈夫却口是心非，同她玩起斗智斗勇的游戏。为了丈夫在儿子面前的形象，为了丈夫在社会上的地位，为了家庭的和睦美满，她保持沉默。她说，她等待丈夫有一天会幡然醒悟。

走狗

通常恶人只是双手叉腰作横蛮状，而他牵着的那条狗却是要咬人的。走狗看上去往往比它的主人更凶恶，这既是生活常识，也是历史规律。

神话　　　　人间真实的神话是这样的：万木丛生的大地上，男人和女人繁衍着子孙。男人仰慕女人的神性，女人仰慕男人的理性。他们无法停止爱对方，他们无法停止伤害对方。他们总能相互宽恕，使爱和伤害继续下去，丰茂的大地提供他们无穷无尽的养料。

调节　　　　听说母鸡吃自己生下的蛋，是因为缺钙。这是母鸡的自我生理调节。社会也是如此，缺什么，就想补什么。这几年，呼吁讲道德、讲诚信的声音不绝于耳，实在是因为人心太不古了。儿子骗老子，兄弟骗姐妹，言何人心？

痛恨　　　　毕竟大多数是好人，他们痛恨王八蛋。但是痛恨有什么用呢？假如你的老板或领导正好是个王八蛋，你有什么办法？很多善良的人知道自己正在替王八蛋干活，还得忍气吞声。自然也有些趋炎附势的，才不管王八蛋王九蛋，先贴上去捞着好处再说。也有头上长角身上长刺的，猛着胆子把王八蛋的丑恶行径捅出去了，结果大多遭遇不幸。

花心　　　　男人花心，首先因为他们占有了社会绝大部分的经济资本和文化资本。经济资本的占有使他们轻而易举随心所欲买女人、买性。文化资本的占有，他们就有话语权设置对男人女人的双重标准。对男人，花心是成功性感的标志。对女人，移情则是最令人不齿的堕落。比较"风流公子"与"破鞋"之间不同的话语色彩，便可看出对男女设置的不同的道德标准。

生殖学　　　　据说男人花心，除了社会历史文化原因以外，还有生殖学上的原因。婚姻中，男人与女人投入的生殖成本是不对等的。男人播完一次精子，马上就能开始下一个周期的生殖，所以很容易说变就变，再觅新欢。女人则要十月怀胎，还得生、养，生育投资非常高，何况自己衣食和孩子生养皆无法自立，难免对婚姻小心翼翼，对男人诚惶诚恐。世界超级花花公子毕加索就有经验之谈，他说过，控制女人最好的办法就是不停地让她生孩子。男性生殖投资低，性行为本来就容易犯"机会主义"错误。再加上他们一直掌握着社会的经济权话语权，所以"痴心女子负心汉"自古皆然。

奴性

　　我曾就某件事情发表意见，就有人在文章后面留言：你算个什么东西？这也是你操心的事？我看了这话真的觉得悲哀。心里只有自己眼前蝇头小利的人，就是奴性十足的可怜虫！

钱水

　　荆都人把钱叫做水，真是耐人寻味，因为钱同水的共通之处还真不少。你活在世上缺不得水，也缺不得钱；如今钞票贬值得厉害，大家都说钱成了水；钱多的人花起钱来就像流水，钱少的人把钱捏在手里也能捏出水来；有手段的人赚起钱来，钱就像水一样往他口袋里流；没门路的想挣口吃饭的钱，就像走在沙漠里的人，很难喝上一口水；你的钱太少了同水太少了像一回事，不是渴死就是饿死；你的钱太多了，钱也可能像洪水一样给你带来灭顶之灾。

比方

　　研究文学的人必须是要读原著的，但因为做论文得引用别人的观点，结果有的人只读别人的研究专著而远离文学原著。如此研究，舍本逐末。简单的比方是：第一个研究者是把米做成饭；第二个研究者把剩饭再炒一次；第三个研究者把剩饭炒成蛋炒饭……最后，成了面目全非的馊饭。学术界创见少，病在此处。

奢侈　　　奢侈的时代用词也很奢侈，成天听人说：快疯了，崩溃了，烦死人了，如此如此。其实，都被夸张了。一切都被夸张。当夸张成为世风，人们不再沉静。用词的夸张，折射的是社会心理。拿酒店名称来说，近三十年是这么升级的：酒店——大酒店——皇家大酒店——国际大酒店——国际皇家大酒店。也许有一天会叫成：宇宙银河国际皇家超级大酒店。往大处说的修饰词是这么升级的：很——巨——超——超巨。是否有一天会表述为：很超巨？

五百岁　　　上世纪九十年代中期，曾有报道说未来人类可活到五百岁以上。我想，相应的，伦理、道德、法律都会发生变化。一个男人看见一个女人好面熟，想了半天才恍然道：哦，您是我四百年前的妻子！真到那时，如果自杀被公认为违法和不道德，想死会是件很不容易的事。

吃亏　　　我从小朋友那里学了两句话，现炒现卖以为调侃：中国食品其实很安全，只有两样东西不能吃，就是：这也不能吃，那也不能吃。所以，只有吃亏最安全，因为吃亏是福！

美女　　　　试着用五笔联着打"美女"二字，出现的两个词，一是"凄惨"，二是"凄凉"。难怪自古有道：红颜多薄命！不过，现代美女如果善于经营自己，必有香车宝马。是否终成弃妇，就看造化了！似乎越是驾名车、住别墅的"美女"越容易成为弃妇，同"凄惨"、"凄凉"有难解之缘。王码程序员绝对没有想到这层意思，似乎就是天意了。不但如此，连续打"美人"，跳出的词却是"病人"。"美人"同"病人"何干？原来很多"美人"日常过的就是"病人"生活，她们今天隆胸，明天垫鼻，不是隔三岔五往医院跑吗？"美人"就算天生丽质不用改装，也得用尽各种驻颜佳品，这同"病人"用药又相去多远？还有心态上的美"病人"，担心美人迟暮，担心打入冷宫，自不消细说了。

从容　　　　我连着打"从容"这个词，显示出的竟是"偷窃"。我疑心自己敲错了，可反复多次，仍是"偷窃"。后来软件升了级，显示出的就是两个词了，一是"从容"，二是"偷窃"。不管怎么说，"从容"和"偷窃"成了孪生兄弟。我不禁想起早几年办公室被盗的事。那天一早打开办公室，发现里面一片狼藉，立即明白昨夜有不速之客光顾了。我马上保护现场，打电话报警。一会儿公安局的人来了，他们看看这场面，就说是惯偷干的。你看，这烟灰一整节一整节掉在地板上、桌子上，说明这贼干得很"从容"，一边叼着烟，一边撬着锁，说不定还哼着小曲哩！的确，如今"偷窃"是越来越"从容"了，小盗"从容"地入室，大盗"从容"地攫取人民血汗。纵是新版软件，"从容"不也排在"偷窃"前面吗？

毛病

我想打"毛病"，显示出的竟是"赞美"，风马牛不相及。可细细一想，这中间似乎又有某种耐人寻味的联系。有"毛病"的人受"赞美"的事儿并不鲜见，而真正没"毛病"的人往往得不到"赞美"，甚至还会吃亏。我想设计编码程序的人并没有想这么多，可偏偏无意间提示了生活的某些规律。是不是冥冥之中真有某种乱力怪神在俯视苍生？更可怕的是有些誉满天下的人满身不光是"毛病"，而且是"大病"。

资本

我每次打"资本"，都打出个"酱"字。我想"资本"是最常见的词，应该可以联打的，却偏偏打出的总是个"酱"。我不由得想起柏杨先生把中国称做酱缸的比喻。这是很伤中国人面子，却又很贴切的讽刺。再想想这"资本"，真是个好东西，但确实也有

"酱缸"的味道。不少同"资本"打交道的人，就像掉进了"酱缸"里，没多久就脏兮兮的了。这些年赚钱最快的就是所谓"资本"运作，空手套白狼，可成大富翁。中国堂堂"资本"市场的所谓股市，可以说是个大大的"酱缸"，黑黑的"酱糊糊"里爬着很多胖乎乎的白蛆。

含量

有时候我想打的词虽然错了，却错得有道理。比方我打"含量"，显示的却是"会计师"。"含量"也许要请"会计师"来计算。又比喻我打"生存"，显示的是"自下而上"。软件升级后，也是同时显示两个词，一是"自下而上"，二是"生存"。这也有道理，人们求"生存"的过程，总是"自下而上"的。所谓人往高处走，水往低处流。可有些人"自下而上"的历程却是巴结讨好、吹牛拍马、见风使舵……总之是一个令人讨厌的历程。

幽默

这样的幽默我碰上很多了。最叫人啼笑皆非的是我打"呼声"，眼前出现的竟是"吃亏"；我打"依法"，冒出来的却是"贪污"。结果"群众呼声"就成了"群众吃亏"，"依法行政"就成了"贪污行政"。"群众吃亏"的事是经常发生的，同时那些有勇气反映"群众呼声"的人往往也会"吃亏"。我认识的一些有良知的作家、记者或其他知识分子，他们的境遇多半不太好，总在"吃亏"，就因为他们表达了"群众呼声"。而有些天天喊着"依法行政"的人其实是在"贪污行政"。很多蝇营狗苟的事也多打着法律的旗号，所以"依法"和"贪污"有时的确也让人弄不清谁是谁，云里雾里的。真是不胜枚举，比方"执行"二字连着打，出现的竟是"招待"；后来五笔输入法升了级，连打"执行"时，出现"招待"、"执行"两个词，"招待"仍在前面。电脑程序无意间又道破了天机：假如法院判了案子，真要"执行"，先得好好"招待"那些老爷们。

谎言

打"谎言"时，出现的词语竟是"诺言"。实在是奇了，"谎言"同"诺言"本身就是双胞胎。轻许的"诺言"最易成为"谎言"，而"谎言"常蒙着"诺言"的面纱。我们有时不太相信有些人的"诺言"，就因为听他讲了太多的"谎言"。我想不通的是电脑怎么知道"谎言"同"诺言"的亲缘关系如此之近呢？

民意

"民意"两个字，应是最常用的，可是连着打不出来。出来

的是"民间"二字。似乎又暗道了某种真相:"民间"再怎么都
是存在的,而"民意"常常无以伸张。我们有广大的"民间",而
"民意"呢?要么集体无意识,要么被漠视,要么被伪民意所取
代。你敢说电脑不神奇吗?

造谣   "造谣"这个词全世界都有,只是发音和书写不同而已。可
是电脑里连续打,打出的是"毛衣",二者全无关系。可稍加联
想,发现"造谣"同"毛衣"还真是暗通神气。因为"造谣"需
要编造是非,同织"毛衣"一般道理。有个成语叫"深文周纳",
指的是给人莫须有地定罪,亦有编造罪名害人之意。同"造谣"
密切相关的词当然是"谣言",可是连打"谣言"出现的却是
"诼"字。这下更奇了。"诼"字因为不常用,很多人不明其意。
这个字的意思就是"谣言",有个书面词就叫"谣诼"。

历史

很多大事，都是偶然的

明万历年间，努尔哈赤攻打河北抚宁，战败被俘。其部族贿通明朝内监，向万历之母李太后说情而使之得释。清人感激李太后，奉以为神，日日祭祀。倘若万历之母李太后不因徇私而动妇人之仁，就没有后来清人的两百六十多年的江山。所谓历史之必然，大可怀疑。很多历史大事，都是偶然的。

偶然

　　满人入主燕京，每日子时正三刻，东华门开启，最先进宫的不是官员，而是一辆骡车。车以布幔围之，不燃灯火，载两口活猪。一老妇人押车，沿宫墙行至紫禁城东北角，那里有小屋三间，每日凌晨在此杀猪祭祀如仪。外人很少知道，这套功课叫敬万历妈妈。原来，明万历年间，努尔哈赤攻打河北抚宁，战败被俘。其部族贿通明朝内监，向万历之母李太后说情而使之得释。清人感激李太后，奉以为神，日日祭祀。倘若万历之母李太后不因徇私而动妇人之仁，就没有后来清人的两百六十多年的江山。所谓历史之必然，大可怀疑。很多历史大事，都是偶然的。

城管

　　雍正元年初，朝廷于京城煮粥赈饥，来京就食的穷人很多，皇帝命煮粥期限延长，每日增拨银钱和粮食。直隶、山东、河南籍的饥民距京城较近，朝廷发给银钱劝遣他们回家。官府把事情做得很细，查明直隶等近京三省入京饥民共一千二百九十六名。我想，那时没有城管队，不然饥民无藏身之地。影响首都形象啊！

性情

　　我很爱苏东坡性情，一生坎坷而放达不羁。明人曹臣《舌华录》记有东坡许多趣事。一日东坡退朝，饭后拍着肚皮问侍儿：

"你们说这里头装着什么?"有婢女说: "都是文章。"有婢女说: "满腹都是经纶。"东坡都不以为然。爱妾朝云却说: "学士一肚皮不合时宜。"东坡这才捧腹大笑。知东坡者,朝云也。

测字　　　崇祯微服出宫,测字卜于半仙曰:欲测一友字! 先生曰:友乃反字出头,天下反贼李闯早出。帝曰:非此友字。先生又曰:有乃大字去一半,明字去一边,大明已失半壁矣。帝又曰:非此字也。先生乃曰:如此便是天机,待某写下,足下自览。少顷,先生出字曰:酉乃尊字断头去尾,当今皇上命休矣!

五千万猪　　　上世纪九十年代,某省欲大力发展养猪产业,目标是人均一头猪。领导在会上放言:我们要努力做到五千万人,五千万猪!

动情　　　重温一条语录: "无数的革命先烈,为了人民的利益,在我们前面英勇牺牲了,使我们每一个活着的人一想起他们就心里难过。难道我们还有什么个人利益不能抛弃,还有什么缺点和错误不能改正的吗?"多动情,多动听! 我自小念着这语录就想哭,所以至今不忘！

护林员

三十年前，一护林员抓了个上山砍树的，正在处罚，来了个公社干部替护林员帮腔，说：不准乱砍滥伐！护林员听了反倒吓住了，辩白说：他先乱砍，我才乱罚！

孝媳图

曾在很多老式大院看到《孝媳图》：年轻媳妇给年迈婆婆喂奶吃，嗷嗷待哺的儿子被保姆拿拨浪鼓引开。我每看到这个雕刻或绘画都想吐，觉得那个争食孙子奶水的婆婆可恶，简直该杀！

灵石

隋开皇十年（公元590年），隋文帝杨坚北巡，挖河开道，获一巨石，似铁非铁，似石非石，色苍声铮，以为灵瑞，赐名"灵石"，遂割平周县西南地置为灵石县。据介绍，此石含铁90%，与其说是石，不如说是铁。此名果如县名所言，钟灵毓秀，物华天宝！所言灵石，其实就是陨石。两千六百多年前发现，却不知它哪年哪月来自天外，只能浩叹天荒地老。

掌故　　　　这几天听了很多古代晋商掌故，很有意思。一商人没文化，托朋友带银子回家，附家书一封，上面画了四只王八，两个酒瓶。夫人一看，知道带回来的是五十两银子。原来，四只王八，表示四八三十二；两个酒瓶，表示二九一十八。夫人回信，画一只大象鼻子卷着一只鹅，男人一看，知道夫人说的是：想煞我了（用山西话念)！

波罗太阳　　　小时候听姐姐同大队书记的女儿争一句歌词。我姐姐说是：毛泽东思想是不落的太阳。大队书记的女儿硬说是：毛泽东思想是波罗的太阳。敝乡把和尚敲的木鱼叫做波罗，形状是圆的，说是太阳也像。

大队书记　　　有句歌词是：止不住的辛酸泪。可大队书记的女儿硬说是：支部书记分三类，她爸爸是第一类的。

尿素袋子　　　七十年代，公社干部能贪几条进口尿素袋子。日本、加拿大进口的尿素袋，很像那会儿时髦的绵绸，公社干部们就把这些袋子私分了，用黑颜料一染，做裤子很洋气。有时染工不过关，屁股上一边写着日本，一边写着加拿大。这屁股也太大了，中间隔着太平洋！

一样贪

发了几条"过去式"的微博，有人便说过去的日子好，没腐败，有信仰。其实这是无知。所谓有信仰，信得全国人民饿肚子。当时照样有腐败，只不过整个社会物质匮乏，所贪者无非是多捞些肉票、糖票之类，或名牌单车指标等紧俏物资。同学们，文革时期的官员，一样贪！

少流氓

七十年代的笑话。火车上一解放军给老太太让座，老人家感谢道：你们解放军同志真是相互恋爱啊！解放军说：老人家，应该说是相互友爱！老太太忙道歉：对不起啊，我一家人都没读过书，老的老流氓，少的少流氓！解放军同志脸红了，说：您老说的那叫文盲！

以为美　　　穿着妆扮，折射时代。《后汉书·梁冀传》："寿色美而善为妖态，作愁眉、啼妆、堕马髻，折腰步，龋齿笑。"女人化妆得愁苦脸，作啼哭之相，世人以为美，原是东汉为乱世。胡乱说的，未必有理。

令尊　　　农夫请教书生：你们读书人常说令尊，令尊是什么意思？书生故意恶作剧：尊称别人的儿子，就叫令尊。农夫：敢问先生有几个令尊？书生没好气：我令尊早死了！农夫诚恳劝慰说：先生切莫悲伤！老儿有犬子三个，先生若不嫌弃，送你一个做令尊！

开拖拉机　　　小时候，听大人说：1980 年，我国全面实现农业机械化！我备受鼓舞，很想长大以后开拖拉机耕地！戴着草帽，肩上搭着白毛巾，早迎朝阳，暮背晚霞。不曾想，三四十年过去了，很多农村仍是牛耕，犁则是秦代的伟大发明：曲辕犁！

尿素袋子

七十年代，公社干部能贪几条进口尿素袋子。日本、加拿大进口的尿素袋，很像那会儿时髦的绵绸，公社干部们就把这些袋子私分了，用黑颜料一染，做裤子很洋气。有时染工不过关，屁股上一边写着日本，一边写着加拿大。这屁股也太大了，中间隔着太平洋！

篡改

曾经，全国人民都背"老三篇"，人有犯错必背语录才许过关。我老姑父一字不识，说话惯于语中加"那个"，不然不会说话。一回，姑父犯有小错，队长要他向老人家请罪，必背语录。姑父只记得一个最简单的：下定那个决心，不怕那个牺牲，排除那个万难，去争取那个胜利。结果又新得一罪：篡改毛主席语录。

记性好

窗外是著名的苏仙岭，上有张学良将军被囚处。记得十五年前初访苏仙岭，下山后有人说屈将室的对联有意思，没记下来。我记得，脱口告诉他：请战有功，当年临潼以兵谏；爱国无罪，今日南冠作楚囚。此君惊问：你记性这么好？我说：不是记性好，记东西有方法。

太了不起

今天有些怀旧，看旧片《瓦尔特保卫萨拉热窝》。南斯拉夫六十年代的电影就拍得这么好，无论是电影艺术，还是电影技术，真是太了不起了！经典台词：空气在颤抖，仿佛天空在燃烧！是的，暴风雨就要来了！

土改历史　　王禹夫是自有洋学堂以来，我村第一个大学生，第一个穿雨靴的人，第一个带阳伞的人，也是第一个因为有钱为村里做了很多好事，又被村里人活活整死的人。这是真实的土改历史的缩影。我曾诵读王禹夫当年倡办村小学而亲撰的碑文，其爱国爱乡之忱可敬可佩。

地主　　在那万恶的旧社会，我村最大的地主王禹夫，怀着极其险恶的用心，自己捐出田亩若干，并说动有钱人捐地，办了新式学堂，妄图用知识毒害穷人子弟。解放后，人民群众看破他的用心，大会小会经常批斗他，要逼他交出变天账。他交不出变天账，上吊自杀，自绝于人民。觉悟了的群众把他的尸体吊在树上继续批斗。

抬举　　家父曾被打成右派，我说您老人家得感谢组织啊！人家打成右派是受苦受难，您打成右派简直是被提拔。因为反右的对象是资产阶级知识分子，您老小学都没毕业，祖宗三代赤贫，既无资产，又无知识，加封你个资产阶级知识分子，而且还右派，不是抬举您老了吗？

路生　样板戏里，没有一个革命男人有老婆，没有一个革命女人有丈夫。阿庆嫂有男人，却在上海干地下，弄个两地分居。可是长征途中，出生的很多孩子叫路生。

抢人　小时候，八部样板戏年年看。看《沙家浜》不知多少回，剧情都能背下。演到茶馆外二匪兵调戏村姑，观众情绪就激动起来。村姑喊道：阿庆嫂，有人抢包袱！匪兵说：抢包袱，还要抢人哪！观众便大笑。八部样板戏，仅此一处有笑声。平时，小伙子同女孩子玩笑，也学那匪兵：我还要抢人哪！女孩子就嬉笑着躲闪。

打算　小时候，看电影《黄继光》就想堵枪眼，看《董存瑞》就想炸碉堡，看《邱少云》就想被火烧。反正，就不打算活着！

解放军　小学时，课文《我叫解放军》，写的雷锋叔叔做好事不留名。我好想长大参军去，也在夜里遇着一个女人，肩上背着孩子，也是风雨交加，我送她母子回去，然后回身说："我叫解放军！"但是，终于没有当成军人，也没在夜里碰上女人！这辈子真是冤！

红薯　　当年我们的革命浪漫主义者曾经这样写诗：社员打从桥上过，河水猛涨三尺多！要问这是为什么？一个红薯滚下河！

灵通人士　　林彪出逃那年，事件让老百姓知道，已延后好些日子了。却听村里有个灵通人士说：难怪昨夜我起来解手，听到飞机嗡嗡地响！我那年九岁，地不知南北，日不分昏晓，很羡慕大人晚上能够醒来，还能听得见天上的飞机声。

神仙土　　中国苦难的广袤乡村，可以掩盖很多真相，从来如此。贴着土地生活的人，可以在极度贫穷和饥饿状态维持侥幸的生存，这却被人用作四九年后并未有过大饥荒的例证。我老家的人，曾有过吃神仙土的经历。一种优质瓷泥，居然状同面包，质地细滑。吃后饱腹，却不能消化，极易殒命。

半干半稀　　　一部红色电影里，领袖见农家尚有稀粥喝，十分欣慰，慈祥地笑道：好嘛！忙时吃干，闲时吃稀，不忙不闲，半干半稀！——多么幸福的日子！

政治老师　　　中学时，科学家彭加木在沙漠里科考失踪。政治老师上课，说如果没有坚定的政治指导思想，就会迷失方向。老师举例子说，彭加木为什么失踪了？就是迷失了方向。我听得一头雾水，想了快三十多年了，现在都还没想通这个深奥的问题。真对不住我的政治老师。

命题　　　从前，语文考试曾有这样的改错题：万恶的旧社会，地主残酷地剥削工人。学生改作：万恶的旧社会，地主残酷地剥削农民。老师给打了叉，因为标准答案是：万恶的旧社会，资本家残酷地剥削工人。听说，类似思路的命题，现在学校仍然很流行。

语录　　　三十多年前，有个生产队，队长不给懒汉分粮，说：你四体不勤，我就五谷不分！懒汉说：毛主席教导我们说，吃饭是第一件大事！我要吃饭！队长说：毛主席说，自己动手，丰衣足食。你没有动手，不给你分粮。懒汉说：打击贫农，便是打击革命。我是贫农！一场语录之争，无休无止。

知道　　曾经有过一段历史，我们不仅被剥夺了说话的权利，也被剥夺了不说话的权利；我们不仅被剥夺了知道的权利，也被剥夺了不知道的权利。当年背不出"语录"的人，就得接受惩罚，岂不是连不知道的权利都被剥夺了吗？也许，我们争取不知道的权利比争取知道的权利更有意义。因为我们如果真的被剥夺了不知道的权利，谁都会沦为罪人。

司机　　有则笑话说：一辆列车陷进沼泽地里，斯大林的做法就是把司机杀掉，自己亲自驾驶；赫鲁晓夫的做法是不停地换司机，相信总有人会让列车动起来；可是勃列日涅夫的做法则是拉上窗帘，让人们相信列车仍在前进。

日常生活　　　北方农民想象毛主席的日常生活是这样的：毛主席天天坐在天安门城楼上晒太阳，江青就在城楼上架了纺车纺棉花。毛主席抽屉里的麻花糖一年四季不断，江青每天纺的棉花比农村妇女多远了。

听岔　　　土改时，驻村工作队都是北方人。北方话南方人听不明白，很多话又是从没听说过的官话，故而误会多多。敝乡称北方干部讲的话为解放话，而这解放话又被引申为空话、大话、套话。这都是后话。单说土改时，有回开会，工作队长操着北方话，字正腔圆：大家回去都要找差距，明天准备发言。"差距"和"发言"，老百姓就是闻所未闻的。只知那纺车上纺锤中间那根生铁做的轴，叫车株，南方话读作"差距"。这就不明白了，明天开会要带车株去干什么？"发言"大家都听成了"发盐"，那会儿盐正紧缺。共产党说自己是来帮穷人闹翻身的，一点儿不假，开会还要发盐。次日，去开会的农民手里都拿着两样东西，一根车株，一个钵子。

杜鲁门　　　抗美援朝，中国人民志愿军雄赳赳气昂昂，跨过鸭绿江。志愿军，老百姓大多以为是支援军。顾名思义，去支援朝鲜人民嘛。粗通文字的，理解力自然强些，就说"志愿"与"支援"是同义词。有人还做了考证：毛主席为刘胡兰题词，生的伟大，死的光荣。这里面"的"字，就是"得"的意思。他老人家学问好，就喜欢用同义词。干部做抗美援朝动员，大讲美国总统杜鲁门之坏。有回会上提问，谁知道杜鲁门是什么东西吗？贫下中农大眼瞪小眼，半天没人接腔。有人终于壮了胆，答道：我知道，杜鲁门是个乌脑壳鸭公。干部哭笑不得，问：怎么说呢？这人回答说：我儿子是初中生，他知道的东西多。我家养了十几只鸭，只有那只乌脑壳鸭公讨厌些，喜欢乱跑。我儿子老是拿土坨打它，边打边骂，你这个杜鲁门！你这个杜鲁门！

鸡窝　　老百姓的政治觉悟越来越高。有年，县里一位干部被打成右倾机会主义分子，下放我村劳动改造。老百姓根本不知道他犯了什么错误，只知道他是坏人，就仇恨他。某日，大队开会，集体开餐。不知什么原因，直等到大家饭都吃完了，那位右倾机会主义分子才去食堂。一食堂打饭村妇，义愤填膺，破口大骂：你这个鸡窝鸡窝分子，这个时候才来，哪有饭给你吃？这鸡窝鸡窝分子笑笑，只好夹着饭钵子往回走。

经典　　　　"批林批孔"期间，有个经典段子，家喻户晓：林彪披着马克思的大衣，带着一群臭老婆，偷了毛主席三只鸡，跑到蒙古吃早饭。怕年久失考，解释如下：林彪披着马克思主义外衣，带着叶群臭老婆，偷乘三叉戟飞机出逃，摔死在蒙古温都尔汗。这个段子明显是群众口头创作的，太过精致。我亲自见识一个故事，异曲同工。某日晚，大队召开群众大会，主题说是要剥开林彪的三张画皮。哪三张画皮，我当时年纪虽小，却记得十分清楚；时过境迁，现在一张都记不得了。但有位村妇的发言，我字字铭记在心。那村妇因家务太忙，饭都没来得及吃，怕扣工分，端着饭就跑到会场来了。台上坐的是县里来的干部，正讲得起劲，忽见下面有人居然端着碗饭听他讲话，大为感动。立即指着这位村妇说：像这位社员同志，觉悟很高，我们请她发个言，批驳林彪的三张画皮！那村妇哪敢上台？大队干部硬是把她推了上去。她凑到话筒前，忽然愤慨起来：我没文化，话讲得丑。我说林彪，人心不得足，卵毛不得直。他就一儿一女，要那么多被子干什么？还偷了毛主席三床花被。我家去年大儿子结婚，才置了一床花被，红缎子的。

党性　　　　正是"批林批孔"那几年，公社组织全体共产党员去韶山瞻仰。一个老党员，土改根子，作风很过硬，党性特别强。他在火车上小解，不会开厕所门，把自己关在厕所里老半天。列车员发现了，才把他放了出来。一路上，党员们都拿这事开玩笑。这位老党员总是憨厚地笑。回村后，党员们就忘了这事儿。有天，一位党员忽然想了起来，就说了这个笑话。不料那老党员勃然大怒：党内的事情，到外面乱说！

金不如锡　　反击右倾翻案风的时候，生产队长去公社开了一天会，当晚就召集全体社员传达。事情重大，过不得夜。队长脸色铁青，说起话来嘴皮子不停地颤。可见他气坏了：社员同志们，那个邓小平，掀起了右倾翻案风，胡说什么金不如锡。这不是把我贫下中农当个卵在弄吗？金子和锡哪个值钱，难道我们都不知道了吗？他硬要混淆是非，颠倒黑白，把日头讲成月亮，把黄牛讲成驴子，说金不如锡。社员同志们，我们一千个不答应，一万个不答应！——"金不如锡"其实是"今不如昔"。

解放　　曾有种论点说，太平天国妇女的解放是人类史上最先进的妇女解放运动。论据是太平天国的妇女走出了家庭，广泛参与到战斗和生产中来，而且是"天足"。可是洪天王洪秀全亲自撰写的《妻道》却规定：妻道在三从，无违尔夫主，牝鸡若司晨，自求家道苦。还规定了一个"十该打"的条规。服事不虔一该打，硬颈不听教二该打，起眼看丈夫三该打，问王不虔诚四该打，躁气不纯静五该打，讲话极大声六该打，有唤不应声七该打，面情不欢喜八该打，眼左望右望九该打，讲话不悠然十该打。我真不知道历史上还有哪个奴隶主、邪教主能比洪天王更残酷地对待妇女。

爱国　　我有时候听着某些人的"爱国"言论，实在是有些可笑。记得"文革"期间，村里有个人说中国的水稻产量太低了，人家美国的谷子有拳头大，剥开谷皮里面就是白花花一窝米粒儿，一颗谷子足足有一碗大米！这个人当天晚上就挨了批斗，罪名是崇洋媚外，美化帝国主义。

总结　　中学开始学历史，绝大部分内容就是讲农民起义。每次讲到农民起义如何起事，如何建立政权，听着就非常过瘾。可农民起义无一例外的失败，叫人极是沮丧。老师每回都会总结农民起义失败的教训，有两条必须要讲的：一是由于时代局限，缺乏正确的革命理论；二是没有真正依靠最广大的人民群众和无产阶级。不知道教学大纲是否如此，反正我的历史老师总是这样总结历史教训。

作文

小学作文，有三篇作文不知写过多少次：《新学期的打算》、《我的家史》、《记一次有意义的劳动》。《新学期的打算》，第一句话总是：新的学期开始了!《我的家史》第一句话总是：在那万恶的旧社会。《记一次有意义的劳动》第一句话总是：天刚蒙蒙亮。单说《我的家史》，全班同学除去几个地主成分的学生，爷爷和父亲都在地主家做长工、打短工。我们村里总共只有三四户地主，哪用得着这么多长工和短工？有个同学最是好玩，他为了显得自己家苦大仇深，编造自己妈妈从小就在地主家做童养媳，受尽地主少爷的欺负。同学们就问他：那你的爸爸到底是地主少爷，还是贫农呢？

罪行

当年崇洋媚外是很重的罪行，有人却暗地里散布谣言，说日本科技发达，他们向中国出口尿素时，船从日本开出来原来是空的，一边航行一边就在大海上生产。快到中国口岸，就是满满一船尿素。道理很简单，氮肥就是从空气中搜集的氮气！日本人开着空船出来，装着满满一船大米回去！

变天账　　小时候听说地主暗地里会记变天账。账上记些什么，我并不知道。什么是变天，我倒是知道，就是回到旧社会，红旗变色，人头落地。人头落地不是一个两个，而是千万个人头落地，血流成河。可我又常常听奶奶望望天色说，要变天了！我知道她说的是反动话，非常害怕。

宣传画　　有一年，家里墙壁上贴满了四川大地主刘文彩收租院的宣传画。记得那画上画的是泥塑，拿泥塑反映旧社会最具表现力，灰头土脸没有色彩。我不知道是误听了大人的话，还是自己想当然，总觉得画中那个光屁股的孩子就是我父亲小时候，那位头发凌乱正在交租的老妇人就是我奶奶。我问过妈妈，她只是笑笑。

两重天　　从小听得最多的歌，就是：天上布满星，月牙亮晶晶。生产队里开大会，受苦人把冤伸。夏天夜晚生产队开大会，会场就在露天的晒谷坪。当时的习惯，开会前社员群众都会自发地唱歌，唱得最多的就是这首歌。我就望着天上，不知道月亮在哪里。当时不懂月明星稀的道理，只发现满天星斗亮晶晶的时候，月亮很不显眼。当时还有一句话听得多：新旧社会两重天。我家乡没有"重"这个量词，我以为"两重天"就是"两种天"。我就想：世上也许还有一种天，星斗满天的时候，月亮仍然非常亮。

枪林弹雨

我从小就很喜欢玩枪，当然是木头削的。当时常听人说，哪个老红军是从枪林弹雨中走过来的，我就非常羡慕。心想解放前地上的枪长得像树木，天上下雨下子弹，那多好玩啊！只恨自己没有生在旧社会！

旧社会

从刚刚记事开始，我听得最多的一句话就是：万恶的旧社会暗无天日，穷人过着牛马不如的生活。一九四九年，春雷一声震天响，东方出了红太阳，穷苦人民得解放！绝对不是开玩笑，我小时候真的以为解放前是没有太阳的。可是又天天听见广播里唱歌：大海航行靠舵手，万物生长靠太阳。我就闷在心里想：那解放前的庄稼是怎么长出来的呢？

日常

我会把世间的真相告诉孩子

　　我从不拿庸俗的处世信条教育孩子，必让他正道直行；我会把世间的真相告诉孩子，同时告诉他自己必须有力量；我会教他善良地对待众生，同时告诉他邪恶有时会让你失去信心；我不会让孩子定下高不可攀的大志，但必须教他学会吃苦；我不怎么同孩子讲大道理，多会同他一起判断是非。

教育　　　我从不拿庸俗的处世信条教育孩子，必让他正道直行；我会把世间的真相告诉孩子，同时告诉他自己必须有力量；我会教他善良地对待众生，同时告诉他邪恶有时会让你失去信心；我不会让孩子定下高不可攀的大志，但必须教他学会吃苦；我不怎么同孩子讲大道理，多会同他一起判断是非。

敬重　　　昨天，儿子同他外婆说，他很敬重爸爸，因为爸爸是个堂堂正正的男人，自己长大也要像爸爸那样，堂堂正正地做人。我听说之后，心里很温暖。倒不是因为儿子背后表扬了我，而是觉得自己给了儿子正面影响。也许我并没有儿子看到的那么好，但他能懂得如何为人立世，足可欣慰！

决定　　　做了两个关于健康的决定：一是坚决戒烟，二是不再染发。白发丛生，原形毕露。今天去照护照相，照相师一片好心，想把我的白发 PS 掉。我忙说：千万别弄成黑发，不然签证过不了关的！想起了辛词：人言头中发，总向愁中白。拍手笑沙鸥，一身都是愁！

惊呼　　　发一张我十几天前在日月潭的照片在微博上，朋友们为我的白发惊呼！我其实早把自己的白发忘记了。中国目前满头青丝的中老年男人，必定是领导干部。我一个普通老百姓，不敢把自己混同于一个领导干部！

染发　　　已坚持三个月不染发，基本打回原形。人每诧异：怎么头发白这么多呀？我说：今年流行挑染白发，很时髦的。有人居然相信：这么染，很贵吧？我说：找的是熟人，免费，不过很花时间。问：多长时间？我说：四十多年！

道喜　　　生死之事，乡下人通达多了。乡下老人，都是自己给自己预备棺材。棺材做好之后，还要自己爬进去睡睡，可以添寿。有天，我老父亲打电话来，高兴地说：我今天请木匠做老屋（棺材），好粗的料！我笑道：恭喜啊，我马上打钱过来贺喜！想着父母已是暮年，常忧心在怀。可依乡俗，我得向父亲道喜！

买墓地　　　今天是个艳阳天，去的却是殡仪馆。一至友的老父亲去世了。

行至殡仪馆外十里左右，便见灵车不断地出来。又想起不久前给重病的岳父买墓地，见那里山水极好，也想给自己那份买好算了。陵园管理者说，七十岁以上才可以买。作罢。古人说：死生亦大。我却想：死生亦常！

温暖　　　一位朋友说，儿子刚上大学时，他满怀深情地把手搭在儿子的肩膀上，不料儿子猛地摔开他的手，说：爸爸，你成熟一点好不好？是的，男孩子多有这样的经历，他们渴望成长。我儿子已度过这个成长过程了。现在，他会不经意地把手搭在我肩上，我会感觉到温暖。父亲的幸福是很简单的。

理想　　　下午在儿子店里同他聊天。我说：小学时，我们的理想是为共产主义奋斗终生。儿子说：我们小时候，写作文谈到理想，必定是长大要当科学家。望着进进出出的顾客，儿子说：我们父子两代受到的教育，拿现在流行话说，都是"被理想"。我笑笑，心想：也许儿子现在干的，才是脚踏实地的事。

指望

古人有道：床头黄金尽，英雄无颜色。老家有俗话说：一分钱逼死英雄汉。儿子想自己做事，我非常赞同。祖上曾为当地大户，前三代沦为升斗之家。因此，父祖辈家教便是居安思危之类。我不指望儿子大富大发，能觅生度日就行。

海报

儿子的店子正式开张，他在做准备。有顾客进店看，我就紧张得想躲开。没办法，我真不是做生意的料！店子的海报简单十六字：名鞋新店，开张大吉；九折酬宾，有礼奉送。儿子的朋友提议最后一句改作：买一送一。其实就送一双袜子。儿子说这有歧义，别人以为是送鞋子，有欺骗之嫌，不予采纳。

无知

乡亲在我老家忍冬居种的玉米，因为干旱长得不太好。但每株一个玉米棒子还是如数收获了。一株只能有一个玉米棒子壮实，多余的都没用。这事儿，我问了老乡才知道。我的家乡以水稻为主，并不主产玉米。我于这方面无知，也是情有可原的。

世纪

忍冬居墙头的紫藤很茂盛了，才三年的功夫！我的头发花白了，用了近半个世纪！

拍照

我坐在屋前，见有人下车，远远地拍我家房子。老爹坐在门口，光着膀子，说：哈哈，又把我的光身子拍走了。父亲说，常有人下车拍照。我想，自己幸好不是娱乐明星！

闲坐

每日黄昏，闲坐屋前，看山影慢慢暗去，月轮慢慢明亮起来。夜风。虫鸣。

故园

回到了故乡，想起前人的句子，改作：他乡生白发，故园见青山！

革命

小子随哥哥去上海看世博。哥哥对弟弟说：我们不是出来享福的，是来革命的！于是，几天下来，不准坐的士，长时间排队，还淋着雨。小子表现很勇敢。回到家里，又去素质教育基地，参

加小学毕业典礼，打地铺，做军训，很艰苦。小子回来说：爸爸，
我参加两回革命了！

口诀　　　想起母亲的母亲，我的外婆。外婆年老之后，见面就会说：
"外婆没什么留给你的，教你一个口诀吧。逢着有人卡了鱼刺，你
拿碗清水来，念这口诀三遍，水叫他三口吞下，鱼刺就化了。"我
每次都像头一次听见，怕伤了老外婆的心。外婆迟暮十多年，我
学了她口诀十多年。怀念外婆，不忘口诀。像哈利·波特！有朋友
问我口诀是什么？此乃家传，不足为外人道也！随意说与外人，
实是对外婆不孝。见谅，见谅！

六字真言　　　母亲给我的六字真言：紧闭嘴，慢开言。可惜，不孝如我，
从未做到过。我的毛病就是话太多了。

母亲节　　　我母亲整整八十岁，住在乡下老家。老人家做了一辈子的母
亲，不知道世上还有母亲节。我也从不祝她母亲节快乐，怕她听

闲坐

　　每日黄昏，闲坐屋前，看山影慢慢暗去，月轮慢慢明亮起来。夜风。虫鸣。

了突兀。去年秋天在老家给母亲做了八十大寿，奉上从山东栖霞带回来的苹果。果子上晒有我的名字，母亲很高兴。

偷饭

　　小时候厨房是上了锁的，但我同弟弟可以从门上面的副窗爬进去。中午没中饭吃，我有时瞒着弟弟爬进去，弟弟发现后立即大喊：奶奶，二哥偷饭吃！若是弟弟爬进去了，我也会大喊：奶奶，七坨偷饭吃！我同弟弟的所谓偷饭吃，就是从饭篓里抓了剩饭往嘴里塞。通常只抓一坨，塞进嘴里赶紧逃跑。

山花

　　想起家乡那些山花了，她们夜里必定也在开放。夜里的山花，就像躲在暗处窃笑的女子。

俗人

　　十五六年前，从偏远的老家跑到长沙觅生。当时年轻，放眼望去，未来无限辽阔。而今思之，倍觉苍凉！放弃所有关于意义的追问，只为应尽的责任，为爱和亲人。人有不舍不忍，必是有情有爱。倘若无所挂碍，自可放浪山水，任意西东！确实，我是一个俗人，没法潇洒和超脱！

从前　　　　早些天，我偶然翻出自己二十四岁时的照片，照片上那个目光清纯却有些怯弱的青年简直叫我不敢相认。那个青年同现在的我差距有如天壤，细细辨认才能找出些蛛丝马迹的关联。皮肉之相的差别已是如此，而皮肉包裹之下的这个人，早已死死生生多少次了。我永远走不回从前，不管愿意不愿意，只能朝不可预知的未来走去。未来虽说不可预知，终点的黑线其实早已划好，只等着我哪天蹒跚而至。

天明　　　　我有三大崇高理想：1. 每早一碗牛肉面；2. 午间小睡三十分钟；3. 晚上安睡到天明！细想想，我并没有贪欲啊！

无病呻吟　　　　失眠，不得已服药而睡，却恶梦缠绵，强迫自己醒来。心情有些糟，想忘记一些东西。吃过早餐，慢慢喝杯清茶，整理纷乱的思绪。听窗外秋雨，想无涯宇宙，叹有涯人生！然手边有必做之事，顾不得无病呻吟。

枕头　　　　我的历史，就是失眠的历史。长年同枕头搏斗，枕头不是高了就是矮了，不是软了就硬了。其实，是同自己搏斗。曾说向往小时候睡过的荞麦壳枕头，就有不知名的朋友寄来了。人生真是美好。却仍睡不着，愧对朋友！想仿海子说，从明天起，做一个会睡觉的人！

写作

我 们 把 月 亮 忘 记 了

随便做点事，挣点小钱花

　　去广州的飞机上，邻座问：先生干哪一行的？我不想说自己是作家，只道：说不清自己干什么的。邻座说：那就是退休了，随便做点事，挣点小钱花？我一笑，说：是的是的！——幸亏飞机窗户打不开，不然我就跳下去了！

王跃文　　最近屡被告知有人拿我说事，有说全面超越王跃文的，有说自己是王跃文第二的，有说自己就是王跃文的，有说王跃文根本不行的，有说王跃文仇官的。我只是听了就听了，不去看那些新闻。各位好好写小说吧，同王跃文比赛没有意义。我真的很不行！忍不住拿那句网络名言调侃：不要迷恋哥，哥只是一个传说。

那一年　　记不住时间，已是老毛病了。什么时候，做过什么事，见过什么人，统统一片模糊。此生幸好无缘受贿，不然抓起来会罪上加罪。真的想不起了，却会被指为认罪态度不好。所以，我写小说，但凡关于时间，多写道：那一年……

最畅销　　往书店里走走，两类书最畅销。一类是教你赚钱的财经书，一类是教你活命的养生书。既想多多地赚钱，又想久久地赖在世上，便是这世间的病。

小说笔法　　十二岁的儿子玩网上游戏，告诉我，他已经是公爵了，养了

个漂亮的女儿。他领着女儿散步，路人甲说：这不是克劳斯公爵
的女儿吗？真漂亮！路人乙说：听说她很贤淑，很孝顺！路人丙
说：女孩子这么多肌肉，总不太好吧？典型的西方小说笔法。我
笑倒了！

修订　　　　《国画》中荆都市下有地区和厅，这是中国目前没有之行政设
置。小说本是故意如此，省得有人胡乱对号。可屡有读者质疑。
无奈，此次修订，将厅一律改成局，地区依旧。又想，中国地县
改市之风盛行，省属地区多已是市，不如省也都改市，国也是市
了。如此，我老了回到故乡，境外友人来信地址当写：中华人民
共和市湖南市怀化市溆浦市王某人收。

道德文章　　　所谓文学大师，不光是写了几本书，拿中国传统概念来说，
还得有道德文章。譬如托尔斯泰，如果他不同时又是伟大的人道
主义者，如果他没有区别于别人的独立思想，我不认为他是大师，
只不过是会写小说的文字匠人。

文学大师　　中国目前只有气功大师，没有文学大师！当然，也有以文学大师自居者，笑话而已。

文学　　世上有文学，肯定当不得饭吃；如果世上没文学，人肯定是另外一种动物。

查禁　　郴州。晚饭前，一赤脚踏皮鞋的先生说：王老师，我要向您检讨。十一年前，我奉命查禁您的《国画》。但您的书，我本本都看过。我俩相视大笑。

流行版本　　艾青先生的诗原是这样写的（据说是被编辑改动了才成流行版本）：为什么我的眼里常含着泪水，因为我对这片土地失去了信心！

好事　　我的三点声明：一、不再替人出书作序；二、不再替人出书写推荐语；三、不再署名推荐作品。以往做过这些好事，都是不得已而为之。序、推荐语或署名推荐，多是人情。关乎人情，就难纯粹。坚决不做，才是道理！

白头诗　　英雄白头，美人迟暮，自古叫人嗟叹。写白头的诗简直是太多了。白诗说：白发镊不尽，根在愁肠中。可是，我没有那多愁，更无那多恨，怎么也满头飞雪呢？到底境界不高，一介俗人也！

数字用法　　文章中的数字得用阿拉伯数字，这规矩我也知道。但是，看着"三位先生"印成"3 位先生"，"一人一份"成了"1 人 1 份"，我就哭笑不得了。那么，李白的诗应改成"飞流直下 3000 尺，疑是银河落 9 天"，成语"一穷二白"、"五花八门"、"万水千山"应作"1 穷 2 白"、"5 花 8 门"、"10000 水 1000 山"。

不准写　　《出版物上数字用法的规定》我看了，明显的缺陷就是没有对文学作品中的数字用法作出规定。比如，该规定不允许纪年缩写，只能写 1999 年，不准写 99 年。但日常说话中谁会说 1999 年？文学作品不论是叙述性文字，还是人物对话，大多会说"99 年"。那就违反规定了。

编辑无奈　　又有读者向我投诉，不喜欢我书中数字的阿拉伯符号式。我怪编辑，编辑无奈，说是新闻出版部门的规定。据悉，按该部门规定，小学课本里杜诗已改作：2 个黄鹂鸣翠柳，1 行白鹭上青天；窗含西岭 1000 秋雪，门泊东吴 10000 里船。

10000 里　　又据悉，宋代诗人杨 10000 里的名句已改作：10000 山不许 1 溪奔！

17、8 位　　甲说：到多少人了？乙说：十五位了！"该部门"要求改成：15 位了！丙说：到底会来多少人？丁说：可能有十七八位吧！"该部门"怎么处理这个问题？同理就得改成：可能有 17、8 位吧！别扭吗？

四十度　　天气本来就热，偏又热伤风，畏寒发烧。全家人穿短袖，本老爷穿长衣长裤！据说，明天气温会到四十度！抱歉，忘记用阿拉伯数字了！

盗版　　我对于盗版的心态已是很开放了，但因媒体采访，有些道理还得说上几句。于是就有人开骂。一个简单的道理是：如果大家都认为买盗版有理，总有一天就盗无可盗了。你想买盗版，也不会再有。幸好这只是假设，原创者不会全被饿死。

纯文学　　曾听某作家高论：我要是赚足了钱，衣食无忧了，就躲到乡下去潜心创作纯文学的东西，向诺贝尔文学奖进军。我闻之不敢大笑。如此说，世界上最应该得诺贝尔文学奖的是比尔·盖茨和巴菲特，中国最应该获诺贝尔文学奖的是那几个房地产商和某些尚未"知名"的官员。愿上帝保佑他们！

黑脑壳书　　昨天饭局间有书商说：王老师，我过去是做过您《国画》盗版的，我们喊黑脑壳书。我不敢说全国有 1000 万《国画》盗版，至少也有 500 万。也就是说，您至少损失《国画》版税 2000 万元。我听了笑笑而已。我想这里说到的盗版损失，只是理论上的算法，真印到 500 万到 1000 万正版，未必就卖得出去。

架子

一位 80 后小朋友告诉我，一位大作家告诫另一大作家：您得学会端着！小朋友把这话也送给我：王老师，您就是太不端了！您不要这么平易近人，您也得学会端着！我笑道：说我平易近人，属于用词错误！我有什么资格平易近人？我力气不大，成天端着架子太累！别人喜欢端着，让他们去端好了。

造化

一位我敬重的文学同仁在电话里告诉我，他在某报上看到有人写文章，说诺贝尔文学奖疏忽了王跃文。他嘱我看看那报纸。我哈哈大笑，说这玩笑开大了。我虽写不出好的东西，但知道什么才是好东西。五十年之后，还有没有人看我的小说，都得看造化。人贵有自知之明。好心的读者朋友，这厢谢谢了则个！

出书　　　一位家长把孩子的文章给我看，为的是要出书。从孩子小学的日记，看到高中的作文，检巡了一个孩子的成长。孩子才是高中生，开始有愁绪了。古人总说，少年不识愁滋味，这话其实好没道理。少年的愁也是真实的，只是大人们视而不见罢了。

干什么的　　　有时在场面上，那些有头有脸的人士，为了体现对我的敬重，一会儿叫我王大作者，一会儿叫王大记者，一会儿叫王大编辑。我都不知道自己是干什么的。

画家　　　去年在唐山，席间吃饭有一位画家。主人介绍我是作家，出版过《国画》。画家连道久仰大名。饭局后，画家说：同行本不好意思开口的，王老师可否赐我一幅画？

据为己有　　　突然想起我最早的那套《红楼梦》，看得很破了，拜托印刷厂师傅做了硬壳封面。新做的封面不可能印字，我自己标了册数号。我珍爱那套书，却被老家某位同事据为己有了。当时追讨过，答曰不见了。遗憾！

磨合

　　电子类看得见摸不着的阅读形态，总叫人心里没底。作家的权益如何保护？也许，内容提供同渠道运营间会有个磨合过程。前期，内容提供方面会占弱势，等内容提供开始萎缩或枯竭，才盼来新的曙光？静观吧。

书名

　　长沙机场，我问书店营业员：王跃文的书卖得好吗？回答：卖得很好！有本《王跃文》已卖完了。我问：怎么有这本书？回答：有啊！你是出版社的吗？我说：是的。营业员想想，说：对不起，记错书名了，那叫《王跃文作品精选》。原来，那本书"王跃文"三字很大，书名又分了行，"作品精选"印在下一行。

现实关怀

　　《国画》之后同类题材小说越来越多，绝不是偶然的。如果没有我的《国画》，也会因别人某部小说肇始。文学是现实的召唤，中国大多数作家都有很强的现实关怀情结。我以为这是中国作家可贵的品质，应算是民族之幸。如果现实状况到了人们不愿意关心的地步，社会就没有救了。哀莫大于心死。

知青　　我在《亡魂鸟》初版序言里有段文字是这样的：我写的自然不是通常意义上的知青小说。我祖祖辈辈都是农民，没有丝毫高贵的知青情结。我不喜欢有人说到知青生活就苦大仇深。因为我知道，知青们祥林嫂一样诉说的苦难，不过是亿万农民千百年来最日常的生活。当然，知青生活又是一代城市青年的真实遭遇。

同情　　一位乡下亲戚知道我的书要印二三十万册，很同情我，说：读书人也不容易，这么厚的书，一本一本地写，写二三十万本，手都会写断！

英国女王　　多年前，曾在网上同一姑娘匿名聊天，不小心就谈到读书了。我问：你看小说吗？她说：我喜欢看小说。我问：你爱看谁的小说？女孩说：我最喜欢看王跃文的小说。我说：我就是王跃文。女孩说：是吗？我是英国女王。

同情

　　一位乡下亲戚知道我的书要印二三十万册，很同情我，说：读书人也不容易，这么厚的书，一本一本地写，写二三十万本，手都会写断！

负面影响　　有人说《国画》在读者中的负面影响很大，我认为这是无稽之谈。古人讲，仁者见仁，智者见智。套用此话，还可以讲：庸者见庸，奸者见奸，坏者见坏。打个比方，水果刀是餐具，但它也可用来杀人。

历史小说　　关于《大清相国》，最多的批评是说不像历史小说。历史小说中，历史占几分，小说占几分，我从来不知道该如何配方。《史记》中的本纪、列传，与其说是史书，不如说是小说。史书可以像小说，历史小说却不准虚构，真是奇怪。

电影　　有导演约写知青题材的电影，我是外行，且不太感兴趣。倒是我的长篇小说《亡魂鸟》正是写知青生活的。导演想看看这部小说，说兴许就拿这个小说改。但是，我自己不想改。改自己的小说，有难度。

署名　　今天无意间闻一秘密。某文坛长者，我每次遇见他，都很礼貌地问候，长者却冷若冰霜。此长者口碑极好，为何对我这般？尽管如此，我依然恭敬。无他，尊长是起码的教养。今天有朋友告诉我，前几年老先生得意大作不好销，被盗版书商署名王跃文著，遂大销。先生愤然。但是，这怪得了我吗？

推荐　　　有朋友发私信给我，说《国画》和《苍黄》都没看过，如果选一本，请我推荐。我说如果没有看过，都可看看。这位朋友说时间关系，只能选一本，烦再推荐。我只得说：时间金贵，都不必看。小说就是闲书。有用的书，一是保健类的，看了可以多活几年，二是炒股理财类的，看了可以多多赚钱。谨此推荐！

自己意愿　　　给几个好友发纸条，请他们看看我的新博文，也请他们按自己意愿给我的《苍黄》投票。结果被提示非法。去掉"自己意愿"，竟然就可以发了，却没法表达清楚我的意思，我不想人家勉强啊！

上下卷　　　不久前到北方某市搞活动，与一阎姓老学者同行。一女宣传部长席间敬酒，说：阎老师您的讲座，咱们听众可是很欢迎！咱们那听得可是津津有味！王老师您的书我可喜欢看啦，那么多的大部头上卷下卷的我都看过！我笑而致谢，心想我长这么大没写过上下卷的书！

批注

最牛的诗：床前看见明月光，怀疑地上起了霜。举起头来望明月，低下头去思故乡。批注："怀疑"二字用得尤其好！——此诗为某官员酒后即兴而作。

宣传部长

有年到东北某市签名售书，宣传部长热情接待，其乐融融。部长说：我喜欢读书，回家最爱待的地方就是书房。我这回新房装修，只花一万多块钱买书，就把一面墙的书柜装得满满的，品位一下就上来了。现在盗版书做得真好，根本看不出！我闻之哑然。

卖书

有位乡下亲戚，八十岁的老太太，听说我出了新书，老在外面跑，十分心痛：赚钱也不容易啊！那不自己还要押车？背着书到处转？老人家以为我签名售书必定像叫卖老鼠药似的。我说：
是啊，哪碗饭都不好吃！

好记者　　　有位记者朋友说，《苍黄》里记者成鄂渝的形象很糟糕，意思是
说不真实。他说目前所有影视或小说中的记者都不真实。好记者
当然有，我也愿意相信这位朋友就是好记者。但是，成鄂渝这种
记者，我见得不少。

阳光不锈　　　一文学青年骑着单车，看见前面皮卡车上竖着个牌子：阳光
不锈。心想多有诗意，必定是个咖啡馆的招牌。又想有文学修养
的人真多！谁说文学死了？前面的车子遇红灯停了，文学青年追
上去一看，见是：阳光不锈钢制品店。

拥抱　　　有年在沈阳签名售书，一位先生问：王老师，我可以同您拥
抱吗？我就同他拥抱了。不料接下来，竟然有十几位先生同我拥
抱。那可是东北大汉啊，我个子本来就不高。我脸上微笑，心里

卖书

有位乡下亲戚，八十岁的老太太，听说我出了新书，老在外面跑，十分心痛：赚钱也不容易啊！那不自己还要押车？背着书到处转？老人家以为我签名售书必定像叫卖老鼠药似的。我说：是啊，哪碗饭都不好吃！

郁闷。心想：怎么就没有小姑娘说要拥抱呢？

养好猪　　有年在兰州签名售书，一老者排了好久的队，递上一本书来。我一看乐了：《实用养猪技术》。我说："这不是我的书呀！"老者问："还要买您的书呀？我见有人排队，就排了。"我在老者书上写道：读好书，养好猪！

招呼　　有人说：你很有名吗？我在某网站上怎么搜不到你的盗版书呢？我想拜托这些人同某网站打个招呼，把同王跃文有关的盗版书和盗名书下掉，我不想看到。

自知之明　　因骂了某网站卖假书，有人问：你很有名吗？我可没听说过。我从来不觉得自己有名。张艺谋、巩俐够有名的吧？我八十老母从没听说过他俩。我的自知之明是：中国肯定有十五亿人不知道王跃文。

载体

　　今天又有记者问我对网络写作的看法，他们怎么老喜欢问这个问题呢？我说：网络仅仅是载体而已。好的作家不论在哪里写作都会写出好作品，不好的作家在竹简上也写不出《史记》！

作家

　　去广州的飞机上，邻座问：先生干哪一行的？我不想说自己是作家，只道：说不清自己干什么的。邻座说：那就是退休了，随便做点事，挣点小钱花？我一笑，说：是的是的！——幸亏飞机窗户打不开，不然我就跳下去了！

丢脸

　　中午在外吃饭，有位同事带信，说有位老板，出二十万，请我据他的故事写本小说，署那老板的大名。我听了一笑。想起前年，外省有个老板，屡次打电话来，想请我写他的创业史。我礼貌推辞数次无效，只得直说：李嘉诚也请不动作家替他写自传。那人惊疑问：为什么？我说：丢脸。自此，再不来电话骚扰。

施舍

　　不是说企业家就不值得写，值得写的企业家太多了。如果作家有兴趣写某企业家的传记，必定是他觉得有写的价值。可这是作家自己的创作，也不必拿企业家的钱。如果双方同意，企业家还可以向作家收采访费。作家只拿出版书的稿费，不靠施舍过日子。如果稿费养不活自己，可以干点别的，擦皮鞋都行。

写作　　写作应该是睁开自己的眼睛去看，竖起自己的耳朵去听，赤裸着心灵在星空下去感受。因此，写作就是自由，就是真诚，就是生命的神圣。或者说，写作就是一种真实的生活态度。

修养

我保证再也不提老公

　　一日在朋友家喝茶，有位女士动辄"我老公"云云，举座皆不
应和。三番五次，友人终于直言："请你不要开口闭口老公！"女士
问为什么呀？友人说："我们都不认识你老公，话题也同你老公无
关，干吗老提你老公呢？你是想表白你特别幸福，还是在提醒我们
男人别对你有非分之想？"彼此都是好朋友，说话就不顾及轻重。友
人又道，这是起码的公共礼仪！

顺水推舟　　　有人喜欢在电话里让人猜是谁，也是不礼貌的。这种不礼貌，现在很容易让人误以为是骗子。目前流行一种骗术，就是让人猜是谁。你随便猜一个人，他就说是的。然后顺水推舟，行其骗术。

五谦先生　　　谦虚、谦卑、谦恭、谦和、谦让，我愿做"五谦先生"，只怕修养不到家。

自取其辱　　　不能太把自己当回事，不然会自取其辱。

保护　　　很多事情，都忘记了。该记住的，忘不了；该忘记的，记不住。记忆与遗忘，都在保护我。

欺骗　　　尽管被欺骗是经常的事，但不想事事都被欺骗。

意义　　　　古贤有云，不为无聊之事，无以遣有涯之生。所以，我们还是要干些无聊的事，不必问事事都有意义。其实，有些所谓有意义的事，反是无意义的；而有些无意义的事，却有大意义存焉！

风雅　　　　我曾在杂文里写过如下话：眼镜不等于知识，秃顶不等于智慧，修养差不等于性子直，肚子大不等于涵养好，官帽子高并不一定就等于德才兼备、令人尊重。

夫子之论　　子曰：无友不如己者。我敬重孔圣人，但夫子此话却很世故。且同他自己的学说相矛盾。夫子论仁，眼里却无一仁者。颜回三月不违仁，夫子说已很了不起。夫子说君子，眼里却无一君子。依夫子之论，只有同自己做朋友。且不说他看不起下愚之人。

美女领班　　席间，酒酣之际，常有请客的朋友高声吆喝服务员：叫你们老板来！于是老板点头微笑进来。朋友便介绍在座各位，老板便举杯敬酒。有的朋友还会请美女领班来敬酒，言行举止且多有暖

自取其辱

人不能太把自己当回事，不然会自取其辱。

昧。逢此场面，我很不自在。朋友们相聚，同酒店老板何干？同美女领班何干？朋友出此套路，自然是因为热情好客，也想显得自己很有面子。但是，我想这是不得体的，新礼仪应注意此节。

我老公

一日在朋友家喝茶，有位女士动辄"我老公"云云，举座皆不应和。三番五次，友人终于直言："请你不要开口闭口老公！"女士问："为什么呀？"友人说："我们都不认识你老公，话题也同你老公无关，干吗老提你老公呢？你是想表白你特别幸福，还是在提醒我们男人别对你有非分之想？"彼此都是好朋友，说话就不顾及轻重。女士哈哈一笑，说："我再不提老公。"友人又道："这是起码的公共礼仪！"

现代礼仪

我常收到别人寄来的包裹，虽是情意往来，却很添麻烦。我由此又想，寄人包裹也是不礼貌的。我平时给人寄东西，重要的寄快递，不重要的寄平信。总之，凡给人添麻烦的事，我都是不做的。这也应成为现代礼仪。

私人电话　　由所谓的"私人电话"，我想到现代人应有现代人的礼仪。移动和电信部门固然有所谓"私人电话"服务，但平常同人交往而使用之，则是不礼貌的。除非你真不想让人家知道你的号码，或是从事间谍活动。但是，我不同间谍往来，也不愿理会不想让我知道电话的人。

逃避　　人人害怕孤独，逃避孤独。它像虫子一样无情啃咬着你的神经、你的生命，把你的心吃个空空，除非你已麻木到以为自己没有心。千万别凭一个人的外在生活去判断他是否孤独。最有名的喜剧大师憨豆先生就是严重的抑郁症患者。曾贵为王妃的戴安娜因为孤独而求助于医生和药物。逃避孤独的方法其实只有一个，就是彻底把自己的心交出去，让别的人，或者神，或者不管什么东西代为保管。于是有人成了宗教狂，有人成了艺术家，有人纵欲无度及时行乐。只有彻底迷失自我，丧失自我，孤独才不再存在。

启示　　中年渐近，故乡的风物人事没来由地直逼到梦中来。我做过这样一个后现代的梦：似乎两个生活场景同时呈现，一边是我的黄嘴孩提，一边是我的垂垂暮年。孩提的我捡起一块石头，朝暮年的我猛砸而来。夜半醒来，怔然良久。孩时早已离我远去，暮年于我尚欠时日。我伫立于中年，前后顾盼，颇感惶惑与落寞。这梦是上苍的启示吗？想告诉我什么？

骗
子

没想到你是师傅

　　有人来电直呼我的名字，我问他是哪位，他说：你看你看，老朋友了，换个手机打电话你就听不出来了。我信口说：李明吗？好久不见了。他忙说：是的是的，老朋友你还真听出来了。我说：李明，我正要找你。我最近手头有些紧，想问你借十万块钱。那人无语，掐了电话。未几，此人发来短信：没想到你是师傅！

佛缘

　　曾遇一神神叨叨之人，于长沙某处自筑一庵，广结信众。自云曾于杭州灵隐寺拍得观世音云中显灵，以照片示我。我接过一看，原是老版《西游记》里的观世音，为湘籍著名前辈艺术家左大玢所扮。我哑然失笑，只道：您真有佛缘，善哉善哉！

化缘

　　常见僧尼自称某刹游方，下山化缘，受骗者众。其实世人不懂宗教政策。宗教管理部门规定：任何宗教人士不得离开宗教场所开展活动，亦不得有外出化缘之行为。诚礼诸佛，是乃善缘；迷信和尚，大谬不然；淫陀妖僧，古来有之。

摸顶

　　我曾在某寺斋堂外见好些善男信女等着某大师摸顶。稍顷，大师剔着牙出来，信众双手合十，虔诚如遇佛祖。大师仍一手剔牙，一手摸顶。每摸一下，收下百元大钞往广袖里一塞。信众如沐甘露，躬身而退。我驻足观之，只两字腹诽：傻B！

大哥

　　早先接到那种因家父病危缺钱，愿意奉献第一次青春的短信，只说"知道大哥您是个好人"。最近接到短信，竟然能道出你的姓名！看来，个人信息被出卖的情况，已非常严重了。

古董
　　刚接到电话，一个外地口音的人，说他也是溆浦人，爷爷辈搬出去了。我问：您有什么事吗？他说：我自己有几台挖土机，在长沙一个工地上挖土。我早接过这类电话，抢着说：您挖到一个古董，自己不懂，想让我给您看看是吗？这人立马挂了电话。

大师
　　曾与某养生大师同桌吃饭，那人下马威似的盯我良久，又拿过我手去捏了捏，神乎其神地说了我的病。我有的病她没说，没有的病乱说。我还算是个厚道人，忙拱手道了感谢，并不当众点破她。哪知她越发得意，我祖上几代的病她都说了。于是，从我祖辈到我自己都没犯过的心脏病，成了我家的家族病。真想揍这女骗子！

中成药
　　多年前，我也听信别人的话，吃上某种中成药，据说可补东补西。那药出自百年老字号，名头听起来很大。哪知吃了三月，满身无名肿毒。我整个夏天羞于脱衣，不敢下泳池。从此，不再轻易信药。再听人说吃树皮、吃树叶，更不敢相信了。

养生大师　　中国古人吃药，多是想当然吃起来的。有吃对了的，有吃得莫名其妙的。人参长得像人，吃了必定大补。这算是吃对了。月季因为月月开花，必定可治妇人经血不调。是否真有效验，不得而知。前几年在大陆很红的台湾林博士，深得古人真传。婆婆姥姥奉他若神明，天天吃香蕉皮，香蕉皮差点儿成大陆支柱产业。

生猪肝　　十几年前在家乡县城，知一老丐绝招：膝头用破旧纱布绑一生猪肝片，貌似渗血不止，遇夏则蝇叮蚊咬。人以为无名肿毒，常年不愈，十分可怜。全家衣食，全赖此翁。

林博士　　形形色色的林博士，仍在道上混着。很多的养生书，多属江湖术士的胡言。他们还办各种讲座，形同传授神秘功法的大师。

看了他们的书，听了他们的课，日子就过得神神叨叨。吃什么，不吃什么，天天跟踩地雷似的；生病不去看医生，揉揉捏捏就希望会自愈。

引子钱

晨跑时，亲眼目睹一乞丐开张。老头儿悠哉游哉，哼着小曲儿，从巷子里出来，往街边坐下，铺开塑料纸，掏出破搪瓷碗，放进几块皱巴巴的零钱。这是引子钱。见我注意他，表情立马可怜起来。一天的生意开始了。

卖唱

街上遇一小女孩卖唱，说是父母多病，自己寒假攒学费。歌唱得真好，我投下二十块钱。明明心里知道，这孩子是骗局中人，附近肯定有双邪恶的眼睛正在监视那个钱罐。

偷菜

很多人动员我网上种菜偷菜，比当年鼓动我做传销的还多。乡下人白天种菜，城里人晚上偷菜，这世界真是太滑稽了。

引子钱

　　晨跑时，亲眼目睹一乞丐开张。老头儿悠哉游哉，哼着小曲儿，从巷子里出来，往街边坐下，铺开塑料纸，掏出破搪瓷碗，放进几块皱巴巴的零钱。这是引子钱。见我注意他，表情立马可怜起来。一天的生意开始了。

师父

　　有人来电直呼我的名字，我问他是哪位，他说：你看你看，老朋友了，换个手机打电话你就听不出来了。我信口说：李明吗？好久不见了。他忙说：是的是的，老朋友你还真听出来了。我说：李明，我正要找你。我最近手头有些紧，想问你借十万块钱。那人无语，掐了电话。未几，此人发来短信：没想到你是师父！

订机票

　　饭局上识一女子，非得留下电话。饭后小雨，她并不问我就上我的车。我以为她同我顺路，上车才知南辕北辙。只好装绅士，绕道相送。她先说家住甲地，再说要去乙地取东西。拿我当免费的士了。她说手上有许多生意，我说我不是生意人。她又说，至少可以找她订机票。我说出门都是邀请方订机票，我不会费此神。她说自己有个订票点，可以照顾她生意啊。我早已不快，故意幽默着显摆：坐飞机请对方订机票可以坐头等舱，请客让客人点菜又客气又省钱。这是经验。女子失望地说：我做不成你任何生意啊，但仍可以做朋友啊。我无语。

百万大奖

　　今天又中了百万大奖。今年我中过三次百万大奖了，还中本田奥德赛两台，华硕笔记本电脑一台。运气真是太好了。每年收到各种中奖及让我打钱的短信至少 100 条。中国手机用户约 7 亿，即每年有 700 亿条诈骗短信在中国大地上横行。如此海量的诈骗短信，对中国人将是怎样的心理冲击？我们还能相信谁！

神经病

　　自从成了作家，常有神经病上门。有个夏天，一人敲门而入，扑通跪地，说一定要拜师。我仓惶不已，魂飞天外，不知如何应付。延座看茶，听言越来越狂悖。适患耳疾，借故装聋，打发走人。难道作家同神经病这么有缘分吗？

老乡

　　一位不认识的老乡，送一大堆材料到我办公室。我看得头大之后，知道其大意：他准备苦练演讲三年，走遍祖国大地各高校宣讲爱国主义，所得收入全部捐给国防部。他请我现在资助三万元，三年后还我十万元。想想这投资还很合算。可考虑手头很不宽裕，终于没有答应。绝无一字虚构。

组委会

　　有知情人告诉我，有人搞个文化类活动，组委会名单里有我名字。此人拿这名单去找有关领导和单位争取支持。等项目确定下来，赞助到手之后，就把我同另外一些名人的名字拿掉了。钱骗到手就行了，不然还得给我等开费用。做生意嘛，能骗就骗，能省就省。我听了一笑。

传销

早几年传销正热的时候，有位老乡天天找我鼓唇摇舌，发誓赌咒要让我不出三个月就成为百万富翁。我甚是客气，说：欢迎你每天来玩，好茶好饭侍候，但这百万富翁我是不做的。老乡不相信我的定力，果然天天来。她顽强地跑了不下三十趟，见我仍是只顾客气地招待她，可就是不肯买她的摇摆机，她再也不来了。

公母

反着听话，有时就是管用。有年，我同朋友泛舟大理洱海，遇见一船鸬鹚。鸬鹚捕鱼早已久违，观之似有古趣。朋友是本地人，一时性起，想买几只鸬鹚养在自家水库里。渔翁说：母的贵些，公的便宜些。朋友说：我想买五只母的，两只公的。渔翁甚是憨厚的样子，拿竹篙点给我们看：这些是母的，这些是公的。说罢就提着鸬鹚脖子，一只只捉了过来。我突然来了"灵感"，忙说：我们只要公的，不要母的！朋友被我弄糊涂了，奇怪地望着我。不料渔家马上反悔，不肯做这桩生意了。朋友这才恍然大悟：差点儿上当了。

保险　　凡有人推销保险，我的回答是：真对不起，我家里有人做这生意!

老板　　我说过不接显示"私人号码"的电话，觉得这是对人的不尊重。今天不小心接了，竟然是操广东普通话的人，开口叫我老板，邀请我参加一个企业家培训班。我本想吹大牛：我可以给你们上课，而且课酬不低! 但还是忍了，只说：抱歉，我不是老板，正在找地方打工哩!

《我们把童年忘记了》

（黄宝莲　著）

小时候，童年是一个游戏。我在前面，你在后面。
长大后，童年是一本日记。我在外面，你在里面。
现在啊，童年是一场回忆。我在远方，你在心里。

作者从小生活在台湾，度过美妙的童年，长大后漂泊不定，身在异国他乡，常常怀念台湾的风土人情，一草一木，还有故乡的那些亲人，那些美好往事。本书文笔优美，写尽了对童年的怀念，对故土的思念。

如虎如狼，未识欲望男女

新街庙口有戏台，逢年过节镇上便有热闹看，这是中元普度，祭拜那些游荡的孤魂野鬼，俗话好兄弟，沿路要点着香去招引他们。一年一度，庙会里举办赛猪公。

传闻我祖父养过一只千斤重的冠军猪公，奖状挂在我家上屋祠堂。状里有个红漆庙门，庙前一片赤剌剌黄泥地，庙边一棵苍郁的老松，庙口摆着一只大猪公，从肚腹剖开的身体，光洁平净，四平八稳趴在竹编的拱架上，仰着笑脸，鼻孔朝天，头上披着红布巾，嘴里咬着新鲜带叶的凤梨，猪已经不像猪。

我祖家一点辉煌的事迹，几代人不断传述那猪仔的富贵，如何让人给它打扇子消暑，拍苍蝇解闷，给它洗澡净身，还吃上等豆饼，时时加菜，有如侍候一个老太爷。

难得去庙口看热闹，并不确定有什么可看，人挤人已经够兴奋，再有灯花烟火歌仔戏，便是非凡的盛况。

那一夜，与邻家几个丫头结伴出游。庙口人山人海，挤在比自己高出一个肩头的大人之中，费力地张望。不知何时，一只厚实温热的手掌偷偷贴在我前胸，十一二岁，未识欲望的男女，未知觉那大手驻留在自己蓓蕾初发的胸部，直到发现那一股湿热直透肌肤，才明白是一只非礼入侵的大手掌，顿时愤怒地甩开那肮脏可恶的手，转身寻觅可疑之人。身边男子一个个老神笃定，看不出谁有不轨迹象，好像什么事情也不曾发生，我一个人莫名发神经。

　　一晚纳闷不解，等看完街市热闹，回家路上，把事情经过一五一十陈述于大我两岁的大姐头阿妃。她早熟，以为自己什么都知道。她一本正经地宣布：那只贴在我胸前的男人的大手印，将一辈子烙印在我胸前。

　　如同被宣判了永恒的罪恶和惩罚，我居然深信不疑，天天带着恐惧的心情在镜子前观望自己胸部的变化，以为终将出现一个男人的五爪大手印。

　　那荒唐无知的念头，一直持续到冬天又过了夏天，我才终于相信什么事也不会发生，才知道自己依然纯净无瑕，并没有因此留下一生受污辱的印记。

　　十三岁那年，阿妃有了初潮，盛夏暑夜，她聒噪不休，像一只发情的母鸡，就想宣告她的早熟。她如此兴奋，让我感到羞耻。她趴在我们经常聚会的八角床上，把胸部贴压在床上，说涨，说痛，说她夜里醒来以后就无法再入睡。

　　在月事期间的一天，阿妃带我去她家厕所，褪下裤子，让我看上面鲜红的血迹，神气不已。

　　一滴！一滴！一滴！温热地，缓慢地，潮湿地涌出，阿妃说。她家那竹篱笆圈起来的简陋厕所，筛过疏残的天光，洒落在阿妃叉开站着的左右腿上，那一片血迹斑斑的经带就横在她膝盖间，泄露着女孩成年的重大机密。我满怀惊惧，懵懵然又知悉是必然。

阿妃从此变野，猫一样，天一黑就蠢动不安，我们的世界在她的初潮之后，划分了天限，她春潮涌动的少女情怀，惊涛骇浪，我远远在岸边，未敢涉足。

有一天，我意外发现，阿妃"勾引"了我心目中的白马王子。她在他开着灯的窗前坐着，夜里九点，乡下没有女孩这样单独夜游。

他教她功课，阿妃说。我所爱慕的好男子，人又帅，夜夜都在灯下读书，斯文静默。阿妃邪恶浪荡，就去拐骗他的灵魂，去玷辱他的纯真，去败坏他的德性。

她没有羞耻，不爱惜自己，将来会自食其果。我私下怪怨。

中秋节，女孩们聚集在一起吃月饼，互相展示收集到的彩色糖果包装纸，阿妃第一次离群。

那一夜神秘的失踪之后，她隔天神采飞扬难掩喜色，面对我时却欲语还羞，琵琶半掩，她不知道如何形容夜里与男人偷欢的狂乱滋味。

男人好可怕！好有力！比牛还凶猛！比狮子老虎都难抵挡，我拼死命都推不开他……

阿妃分不清是爱是怨的暧昧表情，彻底困惑了我，既然是被男人欺负，为什么她满脸飞红？喜滋滋不能自禁？既然是凶猛如狼如虎如牛的可怕男子，她为什么没有逃，没有躲，没有后悔，没有求救？

阿妃说，那是她的第一次。

多不可思议的性！狂野暴烈的火热，温柔甜蜜的昏眩！天堂的诱惑，地狱的焚烧。

　　阿妃用充满挑战、恐吓兼自得的语气说：不可以随便试，经历过一次以后便无法收拾。

　　阿妃开始了她风火山林的青春骚动，我小心翼翼维护灵魂肉体的完整洁净不染，视欲望如洪水猛兽，那禁锢到瓜熟蒂落的惨淡贞洁。

　　阿妃很快找到男人，十六岁急着出嫁，一个爱她，而且老实，钱又赚得特别多的好男人，丈夫得人信赖，生意兴隆，她就开开心心，成天花枝招展，腋下夹着钱包，到处去打麻将、标会、收会钱、串门子，小姐的身份变成老板娘之后，身材也随着钱财一天天肥满起来，不久就变成我所不敢亲近的三姑六婆。

　　之后，我去了城里上学，远离了乡间那些荒寥的风月。

　　同年，中秋夜里，明月皎洁，屋后稻草堆里传来邻近男孩们的尖声怪叫。有人在稻草堆后面解手的时候，意外发现了几根耻毛如杂草，冒然出现在隐秘的关键部位，月光泄露了他们成长的秘密，猛然到临的青春期，童年就在那一刹悄然告别。

　　一旦知觉了男女，那些儿时的异性玩伴，忽然都成了需要防范的可疑分子，男女开始授受不亲，贞节需要防守，所有意图亲近的男子都成了危险动物。

彼岸新世界的阿兵哥们

等我真的会骑自行车之后，一下就骑出了生长活动的空间，骑出大稻埕，骑过铁路平交道，骑到陌生的地方，骑到天黑，骑到迷路，在漆黑的夜路里焦躁地寻找回家的方向。

早该在迷路之前回头，但是，我无法止住自己的脚步和对速度与距离的向往。

总好奇于太阳落下的西天、云彩消逝的天际、黑夜里无法望尽的天空、沉寂静默的大地、自然最细微的声响、破晓前的宁静、黎明流转的风，踩着自行车，看着不断伸展延长的地平线，感觉世界一步步趋近末端，仿佛人生旅途的终极就是彼岸新世界的开端。

我生活的范围就只有快车都不停的小火车站、小学、戏院、市场，小小一个乡镇，一个班的学生就住遍了整个乡镇，一条主要的纵贯路，串起几条横竖的街，排着店面兼住家，简单朴素的市街图。

第一次迷路，只知道路边的风景彻底失去辨认的痕迹与依凭，寻不着来路，分不清去向，东西南北全失了方位，没任何可以指认的路标，乡下没有地图，并且，还有许多荒无人迹的野地。

我在逐渐逼近的夜色中盲目闯荡，黑暗从四面八方袭来，恐惧和焦虑在后头追赶，远处稠如墨色的树林，只有车头一束橙黄的车灯替我引路，天地寂静无声，除了耳边呼啸的风和轮胎摩擦地面的嘶嘶声响。

我如幽灵，穿梭在一个异常的时空中，渴望遇见人间的一丝灯火。

直到远村一声狗吠，我的恐惧与焦虑才在狂喜中瓦解释放。

后来知道自己去了十里外的观音乡，那笔直荒凉的马路是新开发中的高速公路交流道，岛上有史以来的运输大动脉还在开发中，我已先天下之乐而乐，骑着单车走进岛屿公路的历史中。

高速公路正式通车那天，我已上高中，午夜，好友父亲开着福特轿车，一百公里时速，飙飞过台北大桥，直奔林口收费站，第一次感觉到的速度，就是横行飞逝的模糊线条与眼角不断被风吹出的眼泪。

再有一次，一个人不小心骑到了海边。海并不在我所认知的世界里，所谓青山绿水，不过是远处墨色的山影、门前村外浅显的小溪，海是坐火车过山洞到基隆姑妈海湾山腰上的家才有的壮丽风景。

我骑上一条没有岔路的单行道，沿途看风景，忘了路途之远近，出发时亮丽的晨光已经升到顶头成了炽烈的日影。我必定是遇见了传说中的魍神，受了蛊惑，一味前行，骑到口干舌燥，满脸通红，浑身是汗，看见路边一片瓜田，迫切地停下，伸手向农夫讨瓜解渴。好心的农夫砸开一个鲜红的瓜，我捧起来就把整张脸埋进瓜里贪婪地吸吮。

这是第一次意外发现了海，终于把一条路骑到无法再前进的终点——小时候以为的世界的尽头。

我的纯真初次邂逅了孤独，海是如此寂寥壮阔的景色，我傲然孤立在天地之间，遥望海天交际的远方，不知如何看待这惊心动魄的海景。第一次发现了自己的存在是如此孤单，抬头看天，低头看双脚踩踏的土地。天大，地大，我亦大。

　　放下脚踏车，躺在沙滩上，一躺就毫无意识地昏睡过去，那醒和睡之间，连一个哈欠都没有，连一点累的感觉都没有，不是死亡，也不是睡眠，就是彻底而完全的休息，一种接近静坐冥思的奇异状态，类似真空，没有重量。

　　不知过了多久，我被卡车笨重粗鲁的引擎声和十几个年轻军人的喧闹声吵醒。

　　他们好像在荒漠里发现睡美人似的感到不可思议。那时岛屿海岸仍然戒严，荒凉的沙滩仿佛不该出现单车与少女。

　　很小很小的时候，印象中乡下来过无数随地扎营的绿装军人，都不明白这么多人涌进平静的乡下，干的是什么差事？过的是什么日子？到处鸡飞狗跳。

　　卡车里走下来的军人叫我小妹妹，虽然我已经十三岁。你一个人来这里干什么？他们围着我问。

　　我的四肢在僵化麻痹中缓缓苏醒过来，大脑在极度疲累的恍惚中逐渐清醒。我不知道自己身在何处，不知道离家多远。

　　他们问我住什么地方。

　　听说我从福特六和汽车厂那边来的，阿兵哥们断言我无法再骑回去。太远！他们说。我从沙地上爬起身来，想去牵自行车，才发现腿股内侧酸痛僵硬，走路都困难。

　　士兵们在排长的指挥下，先在沙滩挖够一卡车的沙，再把我一起埋进卡车内的沙堆里，露出一个头，自行车平放在隐蔽的角落，一路避开宪兵，直把我送到离家最近的纵贯路口，才小心翼翼作贼般，把我和车一起放下。

回到家，门口的灯亮着，厨房餐桌摆着剩菜，母亲从晚上八点黄金时段的连续剧前来到厨房，没给我脸色看，没有责骂我，我虽然任性、别扭，却不是会闯祸闹事的孩子，只是不小心会走远、迷路。我从茶几上拿起茶壶，对着嘴灌了一肚子水，放好自行车，一声不响，爬到床上一觉睡到天亮。

从此心就大了些，野了些。

我继续这样走自己爱走的路，做自己爱做的事，像放牛吃草的野孩子；偶尔，羡慕别人家父母对子女无微不至的关爱照顾，也有些许落寞。直到年长，心里总有自己的一片自在天地，才明白是从小因父母的放任和信任而根植在个性里的独立自主。

娘习惯说：命是自己的造化。我便独立长大成人，有时渴望爱，一旦获得，惶惶然又觉得是负担。

身在福中不知福，是我那一代人的通病；因物质丰盛消费过度的精神空虚，却是现代人的问题。

《我们把江湖忘记了》

（马路虾　著）

有人的地方，就有江湖
拉人的地方，听的哥侃江湖

崔永元口碑推荐
这本书比很多专业作家写的都要好！

作者曾经是一名的哥，他写了自己每天开出租车的所见所闻，所感所想。从普通的哥生活到充满争议的职业道德，从令人叫绝的察言观色揽活到令人称奇的防抢方法，再到大千世界里形形色色的乘客。他用生动幽默的语言，把看似无趣的故事讲到让人捧腹，写不尽家长里短，道不完柴米油盐。

得瑟大了，掉毛了，丢钱了

"得瑟"是大连土话，字面意思是身子发抖。比如天冷，可以说冻得乱"得瑟"；女孩子半夜遇到坏人，也可以说吓得直"得瑟"，例如《谁怕谁》里面那个女生，就被我吓得直"得瑟"（这件事还说明，女人对男人的鉴赏力，就其程度，远低于她们对服饰、色彩以及诸如此类的事物所表现出来的那种与生俱来的天赋）。但在实际生活当中，这两个字更多的是用来形容那些不稳重、高调和喜欢哗众取宠的人。

以我为例，从前的我就很得瑟。因为那个时候开汽车的非常吃香，给个县长都不换，所以当年的司机大佬，比县长都得瑟。

乘坐出租车的人当中，有一些是很得瑟的。跟他们在一起，会让你突然觉得自己活得很窝囊，简直没脸见人。好在这种感觉持续的时间很短，等客人一下车，感觉就回来了。

也不尽然。我就遇到这么一位，足足让我一个多小时以后才找到感觉。虽说后来得到了补偿，也不是他的本意，所以我并不特别领他的情。

那是个基本里程以内的小活儿。下车时，他看看计价器，说你这个表有问题，白天我打车从这儿走，八块，回来怎么跑了十块四？

　　我说那是白天，晚上十点以后加价百分之三十，十块四没错。他听了没说什么，悻悻然掏出十块钱给我，打开门要下车。

　　真下了车也就罢了，可他偏要挽回一点面子，节外生枝，把事情搞得很麻烦。其实在我看来，他的"面子"实际上并未受到任何伤害，问清楚了再消费，这是再正常不过的事情。

　　他拉着门把手，想了想又坐回来，从夹克衫内衬的口袋里拽出一大沓钱，右手捏着钱角，抽风似的，在变速杆把手上使劲摔，嘴里说："看到没有，钱有得是！看到没有，看到没……"刷的一下，钱让他摔散了，黑暗中，到处都是飞舞着的纸片。

　　我打开车内灯，看着他目瞪口呆的样子，差点儿笑出声来。这时候他老实多了，低眉顺眼地说："帮帮忙兄弟，我眼睛不好，帮我捡捡。"我略一考虑，觉得这事儿不那么简单，这人太得瑟了，得瑟的人什么事儿都做得出来，别叫他赖着。我这样想着，从储物盒拿出电话，拨了110。

　　等待警察的时间里，我一动未动，坐在那里，看着他东摸西摸地找钱。

　　警察开着警车，带着个协警来了。听我说了事情经过，警察吩咐那个协警取来手电照亮，他趴在车里，这一张那一张地捡。终于把所有的钱都捡了起来，数过之后，他说："不对呀，原来四千一哪，这才三千九。"说完就看着我，我说："你看我干吗，我可是一动没动，这不，电话还在手里呢。"这小子听了，指着我的包："那，你包里有多少钱？"

　　他指的是的哥用来装钱的包，开桑塔纳的，那个包通常放在仪表台左下方的储物盒里。

　　"我包里有多少钱关你屁事儿！钱散了我就把灯打开了，这段时间除了打电话，你见我动一下手了吗？"

　　其实，钱在哪儿我心里有数，可我就是不说。

　　那警察见了，说别吵啦别吵啦，然后问协警要过手电，趴在坐垫上亲自找了一遍，起身问他：

　　"你老实讲，到底多少钱？人家（指我）没动地方，你说钱少了，哪儿去了？"

　　"确实四千一，撒句谎天打五雷轰！"

　　这件事不了了之，临走前他还骂骂唧唧，惹得警察性起，说："有完没完？你看你那个熊样，有俩钱把你烧的，得瑟大了，掉毛了吧？"

　　我把车开到两公里以外，下车打开后门，把手伸到右边坐垫下边，只一摸，就掏出一张，又摸，又一张。再摸，没了，方知此君言之不谬，怪不得敢拿雷公吓唬人。

　　也难说，这年头，请个唱歌的都得几十万，区区二百块钱，你当雷公要饭的。

图书在版编目（CIP）数据

我们把月亮忘记了 / 王跃文 著. —重庆：重庆出版社，2012.2

（一道填空题）

ISBN 978-7-229-03296-8

Ⅰ. ①我… Ⅱ.①王… Ⅲ.①随笔—作品集—中国—当代 Ⅳ. ①I267.1

中国版本图书馆CIP数据核字（2011）第222525号

我们把月亮忘记了

WOMEN BA YUELIANG WANGJI LE

王跃文　著

出 版 人：罗小卫

策　　划：华章同人

出版统筹：陈建军

特约策划：欧阳勇富

责任编辑：李　洁

营销编辑：张　颖

责任印制：杨　宁

封面设计：小_何

重庆出版集团
重庆出版社　出版

（重庆长江二路205号）

三 河 宏 达 印 刷 有 限 公 司　印刷

重庆出版集团图书发行有限公司　发行

邮购电话：010-85869375/76/77转810

E-mail：bjhztr@vip.163.com

全国新华书店经销

开本：880mm×1230mm　1/32　印张：7.875　字数：132千

2012年8月第1版　2012年8月第1次印刷

定价：25.00元

如有印装质量问题，请致电023-68706683